KB125713

와인,
남길 수 있어요?

와인, 남길 수 있어요?

엿볼수록 더 맛있어지는 아무튼 와인 이야기

초 판 1쇄 2024년 07월 18일

지은이 한철호
펴낸이 류종렬

펴낸곳 미다스북스
본부장 임종익
편집장 이다경, 김가영
디자인 임인영, 윤가희
책임진행 안채원, 이예나, 김요섭

등록 2001년 3월 21일 제2001-000040호
주소 서울시 마포구 양화로 133 서교타워 711호
전화 02) 322-7802~3
팩스 02) 6007-1845
블로그 http://blog.naver.com/midasbooks
전자주소 midasbooks@hanmail.net
페이스북 https://www.facebook.com/midasbooks425
인스타그램 https://www.instagram.com/midasbooks

ISBN 979-11-6910-733-4 03810

값 18,500원

미다스북스는 다음세대에게 필요한 지혜와 교양을 생각합니다.

와인, 남길 수 있어요?

한철호 지음

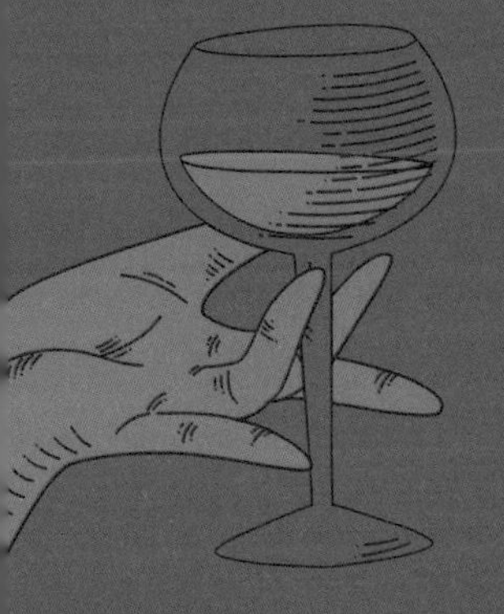

미다스북스

일러두기

'와인, 남길 수 있어요?'는 와인을 어떤 이유에서든 다 마시지 못하고 남긴다는 물리적인 의미와 와인을 마시고 느껴지는 표현을 남길 수 있느냐는 경험적 의미로 두 가지 뜻을 모두 담고 있다.

프롤로그

왜 유독 와인만이 나를 이렇게 사로잡은 것일까

칵테일, 수제 맥주, 위스키 등 각각의 주류가 갖는 매력에 빠져 보았고 이제 와인의 차례가 왔을 뿐인데 아직 다음 술로 넘어갈 기미가 전혀 보이지 않고 있다. 칵테일을 마시러 다닐 때는 '바'라는 생소한 공간에 들어선다는 경험과 바텐더가 만들어 주는 과정을 지켜보는 느낌이 매력적이었다. 수제 맥주는 젊음과 도전이 느껴지는 마이크로 브루어리의 스토리와 한국식 라거 맥주와는 차별적인 맛과 풍미가 신선했다. (하지만 여전히 간장 맛 맥주는 선 넘었다고 생각…) 위스키는 어른이지만 좀 더 어른이 되고 싶을 때, 아니, 내가 어른인 게 맞는지 확인해 보고 싶어질 때 찾게 되는 묘한 술이었다. 하지만 와인, 이 마법 같은 액체는 그 자체가 마치 인간인 것 같은 느낌이 들어 뭐라 단정 짓기가 어려웠다. 그래서 쉽사리 이 포도나무 늪에서 벗어나지 못하고 있는 것 같다.

하루는 방이동 자취방에 퇴근 후 돌아와 저녁을 뭘 먹을까 고민하던 차, 냉동실에서 버석버석 수분을 잃어 가고 있는 소고기를 떠올렸다. 어머니는 종종 홈쇼핑을 보시다 나에게 전화를 거신다. 지금 TV에 나오는 무슨 무슨 셰프의 호주산 고기를 주문해 달라고 하는 식이다. 나는 텔레마케터처럼 주문을 대행한다. 이렇게 부모님 집으로 배송된 것들의 일부는 내게 조금 분배되곤 했다. 이 피도 눈물도 없을 것 같이 딱딱하게 굳어 있는 고기가 바로 그 소고기다.

매일매일 다음 날 저녁에 뭘 먹을지 미리 계산하며 살면 인생이 더 편할까 피곤할까를 고민하면서 싱크대에 놓인 스테인리스 대야에 뜨거운 물을 받기 시작한다. 냉동 고기는 먹기 전날 냉장고에서 시간을 들여 천천히 해동하는 것이 육즙을 보존할 수 있다고 하지만, 그렇게 정석적이며 계획적인 시도를 해 본 적은 드물다. 적당히 언 구석이 없을 만큼 미지근한 물에 담가 골고루 해동을 시켜 준다. 고기를 올리기 전 프라이팬을 충분히 달구는 것도 잊지 않는다. 육즙은 포기해도 미디엄 레어는 포기할 수 없다는 게 아이러니하기 짝이 없지만 지금 나는 그 어느 때보다 타이밍이 아주 중요하다. 이때 와인을 오픈한다고 한눈을 팔았다가는 바로 웰던 행이고 이는 오늘 저녁 식사의 완성도를 저해하는 요소가 된다. 내게 주어진 여유는 단톡방에 자랑할 사진 한 장 찍을 정도의 찰나뿐이다.

성심성의껏 구운 고기를 미리 전자레인지에 살짝 돌려 따뜻해진 빈 접시에 올린다. 그리고 레드 와인 한 병을 꺼내 호일을 예쁘게 윗동만 잘라 벗기고, 와인 오프너를 야무지게 꽂아 넣어 코르크를 뽑아낸다. 습관처럼 코르크의 젖은 부분의 냄새를 한번 맡아 보고 와인을 잔에 따른다. 이 잔은 나만을 위해 산 리델의 소믈리에용 와인 잔인데 볼의 크기도 크고 전체 높이도 높다. 반주로 한잔하는 거니까 많이 마시지 말고 딱 한 잔만 따르자는 생각으로 병을 기울이지만, '고기의 양하고도 맞게 모자라진 않아야 하니까….'라는 생각이 손목까지 번진다. 어느새 빈틈없이 꽉 찬 잔은 표면장력과 내

구성을 체험해 볼 수 있을 정도가 된다. 사실 큰 잔에 꽉 채우면 거의 1/3~1/2병이 들어간다 그 꼴을 보니 이 집엔 나 말고는 아무도 없음에도 불구하고 약간 멋쩍어져서 벽지의 눈치라도 보게 된다. 오늘 이 정도면 충분하다는 다짐과 함께 코르크를 반 정도만 보일 정도로 거꾸로 돌려 병에 밀어 넣고 냉장고로 보내 버린다.

그리고 이제부터 나는 혼자가 아니게 된다. 와인의 색을 보고, 향을 맡고, 흘려 넣은 한 모금에 우물우물 혀와 입안 곳곳에 닿을 시간을 넉넉히 준 뒤 꿀꺽. 이렇게 오롯이 상대를 파악하고 난 다음이 비로소 고기 한 점이다. 그냥 와인만 마실 때와 음식에 녹아든 때의 차이를 또 느껴 본다. 갓 세상에 모습을 드러냈을 때의 향과 시간이 흐른 뒤의 풍미가 달라질 수 있다는 점도 와인의 즐길 거리이자 차별적인 요소 중 하나다. 마치 사람을 만날 때처럼 첫인상과 한참의 시간을 나눈 이후의 인상에 차이가 발생할 수 있다는 점이 흡사하다. 시간을 함께 보낸다고 해서 모든 이에게 더 호감이 생기지 않는 것처럼 와인 또한 무작정 시간을 준다고 해서 꼭 나아지지만은 않을 수 있다. 첫인상에 비해 어떤 와인은 갈

수록 비호감이 되기도 하고, 어떤 와인은 갈수록 매력적으로 다가올 수도 있다. 그렇다고 내가 정말 매일 술과 소개팅이라도 하듯 진짜 사람과는 거리를 둔 히키코모리는 아니다.

식사를 마치며 오늘 있었던 만남에 대해 가볍게 기록하는 습관을 들인다. 이런 기록은 언젠가 다시 만나고 싶은지 아닌지 결정할 수 있는 좋은 힌트가 되기도 하고, 또 다른 사람의 경험과 비교해 보고 싶을 때도 많은 도움이 되곤 한다. 당장 어제 점심 반찬도 기억 못 하는 판국에, 무수히 많은 와인을 다 기억한다는 것은 불가능에 가까우므로. 그리고 누군가와 연을 맺을 때도 마찬가지다. 그 관계가 썩 나쁘지 않았다면 앞으로의 인생에서 더 만날 일이 있을 것이다. 같은 와인을 두 번 세 번 마시게 되는 이유 또한 이와 비슷하다. 동일한 와인이긴 하지만 만들어지는 해빈티지에 따라 느낌이 조금씩 달라지기에 한 번 맛보아도 또 찾게 되는 이유가 그렇다.

와인을 마시는 분 중에는 한 번 마신 와인은 다시 안 마시겠다는 철학을 갖고 최대한 많은 와인을 경험해 보려 하는 사람이 있는 반면, 나처럼 여러 번 마시고 싶을 정도의 와인을 찾겠다는 일념으로 헤매는 사람도 있다. 결국 그 끝은 똑같은 것 아닌가 고개를 갸웃하게 되지만. 어떻게 보면 최고의 친구 또는 심지어 반려자를 찾는 과정과 비슷하다고 한다면 너무한 과장이자 몰입일까? 그 정도로 내 인생은 지금 아무튼 와인이다.

1
장

도대체, 왜,
하필 와인

와인과의 만남, 방황 그리고 복귀

2003년~2004년쯤이었는지 잘 기억나지 않지만 아마 그 때쯤이었던 것으로 기억한다. 한국의 와인 붐은 대략 90년대 말부터 스멀스멀 일어났다. 백화점을 비롯하여 여기저기서 크고 작은 와인 매대들이 생겼고, 사람들의 관심을 끌었다. 그리고 때마침 유행에 발 빠른 형수님께서 와인을 권해 주셨고 이 계기를 통해 그전까지 소맥이 전부였던 내 인생에 와인이라는 눈부신 존재가 자리 잡게 되었다. 하지만 와인에 대해 아는 것이라고는 1도 없으니 매장에서 직원이 하는 말을 제대로 알아들을 리가 없었다. 그저 '달다', '안 달다', '조금 달다', '도수가 높다', '도수가 낮다' 정도의 유아기 어휘로만 그 많은 와인을 가늠해야 했다. 그래도 심봉사처럼 더듬더듬 도움을 받아 구입을 해 보고 자꾸 부딪히다 보니 눈과 귀에 익는 와인과 용어가 생겼다. 여기에 고작이긴 하지만 기초 와인 책 한두 권을 읽으며 마셨던 와인에 대한 기록을 남겨 보니 조금은 주변의 소맥파 친구들보다 와인에 가타부타 아는 '척'을 할 수 있게 되었다. 그러나 뭐든 이렇게 어설프게 알기 시작할 때가 가장 위험하다.

"아, 저녁에 고기를 먹는데 와인 추천해 달라고? 그럼 레드로 사. 만 원짜린 좀 그렇고 그래도 2만 원대 정도는 사면 마실만 해. 칠레가 싸고 좋아, 칠레가."

"야! 와인 잔은 그렇게 잡는 게 아니지. 저, 저 원샷 때리는 거 보소."

지금 생각해 보면 얼마나 하찮은 지식과 경험으로 지껄인 우쭐함인지 부끄러워 참을 수가 없다. 아직 학생이었던 친구들 사이에서 저렇게라도 말해 줄 수 있는 사람이 참 별로 없던 시절인 데다 지금의 유튜브나 챗GPT처럼 손가락 몇 번

튕겨 원하는 정보를 찾아낼 수 있지도 않았기에 가능했던 일이다.

아무튼 이렇게 와인에 입문한 지 얼마 되지 않아 이 와인 저 와인 마셔 보던 중 꽤 기억에 남는 와인이 있었으니. 그건 바로 '게뷔르츠트라미너Gewürztraminer'라는 포도 품종으로 만든 와인이다. 이름이 다소 괴랄하기에 외우는 것은 물론 발음하기에도 쉽지 않은데 그래서 그런지 오히려 뇌리에 강하게 박혀 있었다. 수십 년간 술이라는 파도로 적셔 온 나의 뇌 한가운데에서도 쓸려 나가지 않고 살아남은 단어이니 나름 임팩트가 강했다고 할 수 있지 않겠는가. 개부○, 게비스○, 아니, 게뷔르츠트라미너. 이름뿐만 아니라 맛과 향에서도 개성이 터지다 못해 폭발하는 와인이기도 하다. 화이트 와인인데 고급 중식당의 디저트로 가끔 볼 수 있는 열대 과일인 리치가 특징적으로 드러난다. 또한, 백후추와 같은 여러 향신료 향이 강하게 느껴지기에 이국적이면서도 호불호가 갈릴 수 있는 매력이 있다. 이것이 끝이 아니다. 생산자 스타일에 따라 다를 수 있으나 보통 달달함도 갖추고 있어서 이성과 마시며 이 와인의 특이점을 통해 대화의 틈새를 노려 보기에도 썩 나쁘지 않다. 술이든 음식이든 인간과의 관계에 발라 주는 윤활유 역할로 그 쓰임은 훌륭하니까.

이 외에 학생 수준에서 접근할 수 있는 와인 중에는 아무래도 달콤한 것이 많았다. 지금도 판매하고 있지만 당시 학생에게 인기가 참 많았던 달콤한 와인은 '빌라 M' 이나 '블루넌'과 같은 저렴하면서도 마시기 쉬운 와인이었다. 이런 와인은 보통 도수가 대략 6~9도 정도로 낮아서 주당들에게는 비효율적(?)이라고 차차 외면받게 되었지만, 와인에 익숙지 않은 사람에게는 좋은 출발점이 되기도 했다. 이 와인 스타일은 얼음물에 와인병을 넣거나 냉장고에 미리 넣어 시원하게 칠링하여 마시는 터라 대중성도 아주 좋았다. 그리고 집중해서 음미하기보다는 기분 좋은 달콤함과 은근슬쩍한 알코올 섭취를 통해 초반 분위기를 긍정적으로 바꿔 주는 데 그 의의가 있었다. 다만, 한 병 정도는 괜찮지만, 두 병, 세 병이 되면 당분 때문에 물리게 되는 현상이 벌어진다. 술이 물린다니. 이해할 수 없는 사람도 있겠지만 맥주도 배불러서 싫다는 사람이 있듯, 술도 음식이라 달면 충분히 그럴 수 있다. 각종 과일 맛으로 달짝지근하게 착향 된 소주는 얼마 못 갈

유행을 타는 것과 비슷하다고 보면 될 것 같다.

그 뒤로도 공부를 좀 더 해 본답시고 와인 교양 수업이나 책을 들여다보며 드문드문 지식을 넓혀보려 했지만 쉽지 않았다. 전문적이고 체계적인 과정을 이수하고 자격을 따는 정도는 아니어서 그야말로 겉멋으로 와인을 대했던 것이라고 할 수 있겠다. 그렇게 와인의 자칭 준애호가가 되어 여기저기 주도를 설파하고 다니니 친구들은 와인을 고를 때 나에게 전화해서 묻곤 했다. 오래된 친구 J는 내가 당시 추천했던 와인들을 맛있게 마셨다고 회고하며 지금도 나를 술 전문가로 여겨 주고 있는데 괜스레 제 발 저리듯 찔릴 때가 있다. 내 기억에 내가 가르쳐 준 거라고는 와인 잔 잡는 법, 레드와 화이트 와인의 차이, 몇 가지 대표적인 품종, 와인 마시는 방법 등 꽤 기초적인 내용이 대부분이었기 때문이다. 물론 이 친구는 와인뿐만이 아니라 내가 그 뒤로도 살아오면서 위스키, 사케, 수제 맥주와 같은 다른 장르의 주류에도 두루 돈과 시간을 써왔다는 사실을 알기 때문에 후한 점수를 준 것 같지만.

그런데 아이러니하게도 조금 일찍 시작한 와인에 대한 즐거움은 몇 년이 채 안 되어 어느새인가 식어 버렸고 잘 마시지 않게 되었다. 술을 끊은 것이 아니라 와인에서 멀어진 것이었다. (당연히 다른 술을 마셨지) 결정적으로 잠시 미국에 나가 있으면서 한국에서는 볼 수 없었던 다양한 맥주와 증류주 그리고 칵테일에 마음을 빼앗겼던 이유가 컸다. 젊은 나이에 다양한 국적의 친구들과 잔뜩 모여서 노는 날이면 뭔가 잔도 필요하고 온몸에 고상함을 떨어야 할 것 같은 와인보다는 말랑말랑한 투명 플라스틱 잔에 오렌지 주스와 보드카를 멋대로 콸콸 섞어서 건네는 재미가 더 좋았다. '한국인의 정이란 이런 것이다!'라는 것을 보여 주듯 말이다. (아쉽게도 소주는 미국에서 비싸서 자랑스럽게 펴 주지는 못했다) 그리고 어차피 본인들이 마시고 싶은 술을 각자 들고 오기 때문에 술이라면 다채로우면서도 모자라지 않는 경우가 대부분이었다. 개중에 이탈리아 친구들은 레드 와인과 각종 과일을 도대체 어디서 구해 왔는지 알 수도 없는 거의 수조 같은 큰 유리통에 잔뜩 부어 놓고 뿌듯한 표정과 함께 국자로 나눠 줬다. 일단 '상그리아Sangria'라는 와인과 과일을 섞어 만드는 칵테일이라는 것은 알겠는데 뭔가 용량이 저 정도로 커지니 내가 아는 그것과 사뭇 다르게 느껴졌다. 재들도 참 범상치 않구나…. 근데 뭐랄까, 좀 군대 배식 같았달까….

그렇다 해도 와인을 아예 배제해 버린 것은 아닌지라 책을 사서 보며 (그래도 영어 공부의 일환이라고 책은 원서로) 술에 대한 관심은 계속 놓지 않고 있었다. 『Wine for dummies 바보를 위한 와인』 또는 『Bartending for dummies 바보를 위한 바텐딩』 같은 바보 시리즈 초보자용 책을 읽으며 '영어 공부와 술 공부를 같이 할 수 있다니 이건 정말 좋은 아이디어야!'라고 혼자 만족해했다. 비록 와인은 만 원 전후하는 수준을 마신 게 대부분이었지만. 껄무새처럼 한마디 하자면 나도 그때 더 나아가 아예 바텐딩 아르바이트를 해 볼'껄', 양조학을 배워 볼'껄', 주류 수입 또는 와이너리에서 일해 볼'껄' 하는 후회는 지금도 곧잘 한다.

당시 칵테일에 좀 더 관심이 기울어 있어서 한번은 책에 나온 초콜릿 마티니 칵테일을 만들어 봤었다. 마티니 잔 안쪽에 초콜릿 시럽을 잔뜩 발라 놓고 보드카와 몇 가지 부재료를 섞어 완성한 칵테일은 보기에도 기괴했고 맛은 더 이상했다. 007 제임스 본드에게 이 마티니를 대접했다면 분명 바로 총에 맞았을 테다. 미스터 본드는 영화 〈007 다이아몬드는 영원히〉 편에서 향수를 뿌렸다는 이유만으로 와인을 서빙하던 소믈리에를 스파이로 의심했을 정도니까! 분명 레시피대로 했는데 이 꼬락서니라니. 결국 애주가로서는 하면 안 되는 행동일지 모르나 두 입 정도 맛보고 잔을 들어 그대로 싱크대에 부어 버렸던 기억이 난다. 그 뒤로 지금에 이르기까지 그 어떤 칵테일 바에서도 저런 레시피로 만든 칵테일을 본 일이 없는 거 보니 그 칵테일 북은 도대체 뭐였을까 싶다.

다시 한국에 돌아와서는 수제 맥주크래프트비어, 칵테일, 그리고 위스키에 한동안 빠져 살았다. (그렇다고 사케, 소주, 전통주 같은 다른 술을 안 마셨다는 것은 물론 아니다. 윙크윙크) 내 주변인들 중에 와인을 가까이하는 사람이 없던 탓도 있었지만 이렇게 주류 시장의 트렌드가 한쪽으로 쏠리는 현상이 일어났기에 나도 줏대 없이 술 흐르듯 마냥 좋다고 유행을 따라다녔다. '맥덕의 길'이라는 수제 맥주 테이스팅 모임을 만들어 매달 처음 보는 사람들과 시음회를 열기도 했고 수제 맥주로 창업한 회사 '더 부스'에는 소액 주주로 응원 어린 투자까지 했으니 말 다 했다. 다행히 투자금과 이자는 약

속한 대로 돌려받을 수 있었지만, 수제 맥주의 인기가 급격히 꺾여 한동안 말이 많았었다. 그 뒤로는 맥주를 벗어나 한남동에 살다시피 하며 위스키와 칵테일 바 투어를 다녔더랬다. (나 자신을 위한 약간의 변명을 해 보자면 당시는 극도의 우울함과 스트레스를 받던 시기라 탈출구가 필요했는데, 모순적이겠지만 그게 술과 운동이었다) 뭔가 흥이 오를 땐 한 바에서 술을 마시다 영업시간이 종료되면 그 바의 바텐더와 같이 퇴근해서 더 늦게까지 영업하는 바에 같이 갔다. 그리고 그곳의 바텐더와 셋이 다 같이 또 술을 마시는 거다. 두 번째 바의 마감 시간까지. 그 시절 한남동은 내 영혼의 주치의를 만날 수 있는 그런 곳이었다.

그렇게 먼 길을 돌고 돌아서 다시 온 게 와인이다. 뭔가 거대한 톱니바퀴가 으르렁거리며 시작점으로 돌아온 느낌이랄까. 다른 주류 장르들도 전통과 깊이, 그리고 다양성과 이야기가 모두 존재하지만, 다시 만난 와인은 유독 질리지 않았다. 이유 중의 하나를 꼽아 보자면 와인의 양조 과정 중에는 원재료인 포도즙을 끓이는 과정이 없기에 원산지 밭과 포도나무를 따지고, 그것이 최종 결과물에 고스란히 영향을 미친다는 사실이다. 예를 들면, 위스키나 맥주는 원재료를 끓이는 과정이 존재하므로 "이 위스키 · 맥주는 어디 산 보리로 만들었어요?"라는 식의 질문은 잘 하지 않는다. 그에 반해 와인은 원재료인 포도알, 포도 껍질, 포도 줄기 등을 가열하지 않은 채 그대로 활용하기 때문에 특성이 살아있게 된다. 어느 밭인지, 그 땅속은 지질학적으로 어떤 토양인지, 포도나무는 얼마나 오래됐는지, 무슨 품종인지, 포도 수확을 어떻게 했는지 등등이 하나같이 중요하다. 즉, 와인의 퀄리티가 모든 것의 근본이라 할 수 있는 흙에서부터, 나무에서부터, 사람 손에서부터 좌지우지된다고도 할 수 있다. 그해의 포도 농사가 망하면 소위 '망빈망한 빈티지' 와인이라고 할 만큼 '농사' 자체가 매우 중요한 포인트가 된다. 원재료 끓이는 이야기와 같은 이치로 맥주에 보리농사가 올해 잘됐는지, 어느 해 보리를 썼는지 따지는 경우는 잘 들어 보지 못했을 것이다.

그래서 나는 와인이 좋다. 망하기도 하고 흥하기도 하는 것이 인간사와… 아니, 내 모습을 보는 것 같아서. 어쩌다 나 혹은 친구 같은 와인을 만나면 너무 반갑고 즐겁기 때문에. 계속 질리지 않고 와인과 자연스러운 만남을 추구하고 있다.

음주상

소속 : UX솔루션그룹
성명 : 한철호

위 사람은 기쁠 때나 슬플 때나 술을 벗으로 삼을 줄 아는 여유를 지녔으며, 젠틀한 주도로 직장 음주문화 선도에도 이바지하였기에 이 상을 수여함.

2017년 11월 29일

전사 UX협의체 일동

전 직장에서 실제로 받은 음주상과 무려 격려금.
준비해 준 담당자는 아마 반쯤은 장난이었겠지만,
나는 왠지 모르게 그 어떤 상보다 이 상이 기억에 남는다.

삼성전자에서 와인숍까지 1

이쯤에서 어쩌다 공대생으로 시작하여 IT 회사에서 일하다가 전공이나 직무와 별로 상관없어 보이는 와인 업계까지 발을 딛게 되었는지 설명하면 좋을 것 같다는 생각이 든다.

일찍이 사업을 하셨던 아버지를 봐 왔던 영향일까, 하필 주변에 창업이나 스타트업을 꾸리는 지인들이 많아서였을까. 어쩌면 대기업에서 미묘하게 비슷하게 반복되는 일상에 조금씩 나 자신을 내주다 보니 어느덧 승진은 하게 되고, 동시에 마음 한구석에서는 조바심과 걱정의 싹이 무럭무럭 자라서였을지도 모르겠다. 되돌아보니 창업을 향한 막연한 바람은 해마다 비슷했지만, 내 안전지대를 벗어날 용기가 부족했던 여느 평범한 사람일 뿐이었다.

대리 3년 차: 과장은 달아야겠지?

대리 4년 차: 과장 달자마자 창업해야지.

과장 1년 차: 과장 2년 차 되기 전에는 진짜 창업해야지.

과장 2년 차: 과장 3년 차 되기 전에는 진짜 꼭 정말 창업해야지.

과장 3년 차: …….

*당시 삼성전자의 직급 체계는 위와는 조금 다르나 이해를 돕기 위해 일반적인 직급을 사용

저런 식으로 시간을 보내며 남이 먼저 창업하여 이뤄놓은 소소하더라도 돋보이는 결과물을 기사로만 접하며 뒤늦은 평가와 분석을 하는 것에 질렸었나 보다. 그러던 중에 나도 모르게 스스로에게 울컥했는지, 아니면 그날따라 유관 부서와의 협업이 짜증 났는지, 임원에게 털리고 돌아오는 부서장의 등이 측은해 보여서였는지 알 수 없지만 돌연 휴직을 신청해 버렸다. 이제 와서 말하는 거지만 나는 연구소에서만 쭉 근무를 해 왔는데 보다 양산화 현업에 가까운 사업부에서 근

무해 보지 못한 것이 가장 아쉬웠다. 삼성전자는 큰 사업부가 모여 있기 때문에 같은 회사 타이틀을 달고 있더라도 사업부마다 일, 사람, 직급, 호칭, 조직 문화는 물론 받는 연봉까지도 완전히 다른 소위 '이직'에 가까울 수 있기 때문이다.

그렇게 휴직 후, 동료 몇 명을 꼬셔서 팀을 이뤄 봤지만 휴직자와 재직자 간의 다른 생활 패턴과 마음가짐의 차이가 커서 간단한 앱을 만들어 보고 바로 해체 선언. 또 다른 녀석들을 꾀어서 팀을 이뤄 다시 서비스를 기획하고 토이앱 한 개를 출시하고 조금 더 진지한 서비스를 본격적으로 만들다 내부 분열로 해체. 시스템과 인프라가 없는 상황에서는 사람 한 명 한 명이 얼마나 큰 영향력을 갖는지 알 수 있었다. 하지만 무엇보다 가장 어려웠던 일은 그들을 화학적으로 한 팀이 되게끔 만드는 것이었다. 이는 하루아침에 될 일이 아니었다. 실전에서 내가 직접 겪어 보니 그 수많은 자기계발서나 스타트업 구루들의 경험담에서 읽어 왔던 내용이 동시에 일어나 나를 둘러싸고 이렇게 말하며 비웃는 것만 같았다.

"내가 말했잖아. 넌 뭘 배운 거니?"

그렇게 두 번째 팀이 사실상 해체한 것이나 다름없는 상황에 놓였을 즈음, 고등학교 선배가 여러 가지 도움을 요청해 왔다. 그 선배는 정부 과제를 따내기 위한 사업계획서를 준비 중이었는데, 기술 개발 및 UX 부분에 대한 도움과 그와 관련한 프로토타입 제작을 부탁했다. 때마침 새로운 팀빌딩을 하거나 서비스 기획을 하기 어려울 정도로 심신이 지쳐 있던 터라 특별히 거절하지 않았다. 이때 메이커로 활동하고 있던 친구 Y와 함께 게임 컨트롤러를 만들었는데 꽤 재미있었다. 바닥에는 발의 위치를 감지할 수 있는 센서를, 샌드백에도 충격을 감지할 수 있는 센서를 각각 붙였다. 그리고 이 컨트롤러를 '스트리트 파이터'와 같은 격투 게임과 연결하여, 내 몸으로 게임을 즐길 수 있게 만들었다. 예를 들어 내가 실제로 글러브를 끼고 샌드백을 때리면, 게임 속 캐릭터도 주먹을 내지른다고 보면 된다. 어디까지나 프로토타입이라 허접하긴 했지만, 나의 화려한(?) 발재간과 실제로 샌드백을 때리는 시원한 주먹질로 '아도겐'과 '오류겐'을 쓸 수 있다는 건 웃음이 나올 정도로 재밌었다. 후에 이 프로토타입과 아이디어는 디지털 워치를 활용한 게임 운동 프로그램으로 진화했다.

그렇게 선배의 회사와 연이 닿아 자주 미팅하며 얼굴을 맞대다 보니 회사로의 조인을 오퍼 받고 결국 삼성전자를 퇴사, 그곳으로 이직하게 되었다. 피트니스라는 생소한 분야의 스타트업에 덜컥 조인하게 되니 할 일이 너무 많았다. 사무 업무는 물론 커피도 팔고, 화장실과 샤워실 청소까지 다 해야만 되는 그런 이상한 상황. 그게 반드시 스타트업이라면 벌어져야 할 일은 아니겠지만, 일당백이 되어야 할 확률이 높다는 것을 또다시 뼈저리게 느끼게 되었다. 그리고 삼성전자가 얼마나 위대한 기업이었는지도.

갓 시작한 회사에서는 정말이지 많은 것을 피부에 와닿게 배웠다. 대기업과의 차이를, 자신의 진정한 역량을, 리더십에 대한 고찰을, 투자에 대한 세계를, 지분이라는 숫자의 힘을, 자본의 위력을 말이다. 운이 좋아 정부 지원 과제도 수행해 보고, 직원을 고용하고 해고하고, VCVenture capital; 벤처캐피털 투자도 유치해 보고 무수히 거절당하기도 하며 나름의 스타트업 업계의 생활을 맛이라도 볼 수 있었던 것 같다. (그래도 화장실 청소는 한동안 꽤 했다) 하지만 내가 이 회사를 위해 해 줄 수 있는 일이 더 이상 많지 않다고 느끼는 순간이 생각보다 빨리 다가왔고, 애당초 예상했던 재직 기간도 이미 조금 넘어선 터라 다시금 퇴사를 결심하게 되었다. 어찌 됐든 이 회사 역시 내가 시작한 것도, 온전한 내 것도 아니었으니까. 그렇게 다시 나만의 것을 찾기 위해 망망대해로 배를 띄웠다.

모든 것이 정리되고 집에서 무엇을 할까 매일 브레인스토밍을 혼자 하던 때, 예전에 프로토타입을 함께 만들었던 Y가 뭔가 함께 해 보면 좋겠다고 말을 꺼냈다. 그 말에 돈이 크게 들지 않으면서 빨리 테스트해 볼 수 있는 것은 쇼핑몰이란 생각이 들었고, 내가 좋아하는 것 중에 '있으면 좋겠다' 싶은 것을 찾아 시험 삼아 상품화를 진행해 보았다. 그것이 종합 안주 플래터다. 샤퀴테리Charcuterie; 발효건조햄, 치즈, 크래커, 올리브, 과일 같은 고급스러워 보이는 안주들이 근사한 나무 도마 위에 예쁘게 플레이팅 되어 있는 사진을 본 적이 있는가? 이제는 쇼핑 검색 사이트에서 찾아보면 쉽게 볼 수 있고, 국내에도 많이 판매되고 있다. 하지만 우리가 이 상품을 고민하던 때 국내 온라인 쇼핑몰에서는 이런 제품이 판매되고 있지 않았다. 당시 네이버 쇼핑에서 '샤퀴테리'를 검색하면 해외 직구 대행으로 판매하는 널찍한 나무 도마만이 상품 리스트에 노출되고 있었으니까.

나는 이 당시 '트레바리'와 같은 독서 모임이나 다른 와인 모임에서 활동하고 있어서 사람들이 모이는 술자리의 빈도가 꽤 높았었다. 매번 그렇지는 않지만, 활발한 독서 모임의 경우는 1차로 토론을 하고 2차로 뒤풀이를 갖는 일이 많았다. 그리고 좀 더 코드가 맞는 사람끼리는 누군가의 집에서 삼삼오오 모여 진솔한 대화를 나누기도 했다. 나는 이 홈파티 문화에 대해 초점을 맞췄고, 멋지면서도 편리한 안주 세트를 주요 문제점으로 삼았다. 회사에서 하던 일이 사용자 경험UX 디자인이라 그런지 와인을 우아하게 즐기는 홈파티라는 상황을 상정하여 시나리오를 쓰고, 문제점을 열거하고, 사용자여기서는 모임 참석자나 호스트의 불편함을 파악해 보았다.

쉽게 예를 들면, 호스트와 방문자의 각 입장에서 홈파티를 준비 및 참여할 때 시작점은 어디고, 언제 모임이 끝이 나고, 모든 과정의 전 · 중 · 후에 어떤 불편한 점들이 발생하는지, 그리고 각 문제점 등을 기존에는 어떻게 해결해 왔는지,

더 나은 해결책은 무엇인지 등을 단계별로 엑셀을 펼쳐 놓고 각각 인사이트를 수집해서 솔루션으로 바꾸는 작업을 했다. 갤럭시 핸드폰의 새로운 UX를 발굴할 때 하던 일련의 과정을 술안주 만드는 데 써먹었으니 웃긴다고 해야 하려나. 그저 나는 사람들이 준비하는 데 시간을 낭비하기보다 즐기는 시간이 더 길어지면 좋겠다고 생각하며 접근했다. '안주야 뭐 치즈 좀 몇 개 놓으면 되지!' 하면 그도 말은 되겠으나 '예쁘고 맛있으면서 골고루'를 본격적으로 고민하기 시작하면 균형 있는 멋진 한 상 차리기란 쉽지 않았다. 치즈만 해도 브리, 에담, 체다, 그라나 파다노, 부라타, 고다, 블루, 에멘탈, 까망베르, 꽁테, 파르미지아노 레지아노 등 종류가 엄청났고 각각의 수입 브랜드와 가격, 유통기한지금은 소비기한으로 바뀜, 그리고 판매처도 달랐다. 살라미, 초리조, 코파, 론지노, 카피콜라, 하몽, 프로슈토와 같은 샤퀴테리도 마찬가지. 이 두 가지 메인 아이템을 기본 구성으로 하되 완성도를 더욱 높일 크래커, 올리브, 과일, 견과, 채소, 젤리, 초콜릿 등의 사이드 안주들도 갖춰 줘야 했다. 그뿐인가? 음식에 그치지 않고 음악 플레이리스트, 액세서리, 조명, 숙취해소제, 일회용품, 손소독제까지 온갖 차별화 요소를 고려하니 플래터의 구성은 무궁무진했다. (지금도 멜론에 친한 동생 'DJ 디제이다니'가 만들어 준 비마프의 음악 플레이리스트가 올라와 있어서 가끔 듣는다) 그러나 이 가능성의 바닷속에서 원하는 것을 일일이 따로 준비하는 일은 소비자에겐 짜증 유발의 영역이었다. 상품 검색에서 오는 스트레스와 시간 낭비, 그리고 합배송이 안 되는 아이템 수에 비례해서 증가하는 개별 배송 비용이 모여 총체적 난국으로 이어진다.

그런 고충을 해결해 주는 회사가 되길 바라는 마음으로 비마프BMAF; 비 마이 프렌드를 Y와 함께 창업했고 첫 번째로 총 18종의 구성품으로 이루어진 '홈파티용 샤퀴테리 & 치즈 플래터'를 쇼핑몰에 등록하였다. 당시 비마프 콘셉트를 요약하는 한

줄의 모토는 '준비하는 시간은 짧게, 소중한 사람과의 시간은 길게.'로 정해졌다. 고민은 비마프가 할 테니 당신들은 그저 즐기기만 하라는 소리다. 첫 상품은 4인용을 타깃으로 넉넉한 플래터로 준비했다. 2인이 물론 좀 더 접근성이 좋았겠지만, 당시 소싱할 수 있는 구성품들이 제한적이었다. 그리고 더욱 풍성하면서도 다채로운 플래터를 임팩트 있게 선보이려면 4인 정도는 되어야 그림이 나온다고 생각했었다. 다행히도 시장에 없던 상품이 등록되니 반응이 조금씩 있었다. 보다 양이 적은 2인용, 1인용을 원하는 보이스가 잇따라 수집되기 시작했다. 고민 끝에 가장 맛있게 먹을 만한 조합을 구성해서 커플용, 혼술용을 만들었고 추가로 스페인과 한국의 하몽을 비교하는 플래터와 유럽 5개국 치즈 여행을 떠나는 플래터같이 다양한 콘셉트 제품도 차례차례 내놓았다.

그리고 얼마 뒤 코로나가 온 세상을 덮쳤다.

플래터 구성 중, 가장 인기가 좋았던 시그니처 조합은
'비마프 프로슈토 랩'이라고 이름을 붙인 이것이다.
먹기 좋은 적당한 길이의 담백한 스틱형 크래커에 알싸한 겨잣과 식물인
와일드 루꼴라를 곁들여 짭짤하고 쫄깃한 프로슈토나 하몽으로 휘 말아 주면 된다.
이 세 가지가 함께 만나면 상당히 맛있는 궁합을 자랑하는데,
이런 것들 하나하나 따로 준비할 필요가 없게끔 한 것이 비마프 플래터다.

삼성전자에서 와인숍까지 2

와인을 즐기는 자리를 좀 더 있어 보이게 해 줄, 다시 말해 '있어빌리티'가 넘치는 샤퀴테리 & 치즈 플래터를 판매하기 시작한 비마프는 내가 살던 방이동 한 원룸 빌라의 4층 같은 3층에서 시작했다. 좀 더 부연 설명하자면 반지하 층이 100번대 호를 쓰면서 1층이 200호대, 2층이 300호대 식으로 3층인데 400번 대를 써서 실제 계단 층수와 호수가 차이가 난다. 그래서 택배사 계약을 문의하거나, 부피나 무게가 큰 물건을 주문할 때 꼭 400번 대 호수지만 층수는 3층이라는 것을 매우 강조했다. 그래야 엘리베이터가 없는 빌라를 오르내려야 한다는 기사님의 불만을 조금이나마 희석할 수 있지 않을까 하는 조마조마한 마음에서였다. 빌라라서 택배 계약을 안 해 주시면 어쩌지, 포장에 필요한 부피 큰 소모품이 배송이 안 되면 어쩌지 하는 오만 걱정들. 이때는 작은 일 하나하나에 벌벌 떨었고, 사람 한 명 한 명에게 필요 이상으로 굽신거렸다. 어딘가에 문의 전화를 할 때면 번호를 눌러 놓고 통화 버튼을 누르기 전 한참을 심호흡하며 마음을 다잡던 시기였다. 배송 기사님이 집 건물 입구에 도착하셔서 연락하시면 뛰어 내려가서 같이 짐을 올렸고, 늘 감사함을 과하게 전했다. 자영업의 세계에 뛰어들면서 배운 것이 많지만 그중에 하나를 꼽자면 세상에 혼자서 할 수 있는 일은 많지 않다는 것이었다.

한번은 특정 치즈를 와인 플래터 구성품으로 넣어 보고자 수입사에 연락하니, 영업 담당자가 신규 거래처 건이라 한번 방문하겠다고 해서 집으로 불러들인 적이 있다. 솔직하게 비마프 사무실은 작디작은 1.5룸 내 집 거실(?)이었으니까. 물론 사업을 시작한 지 얼마 되지 않았고 속으로는 이 아이템을 계속할지 말지조차 알아보는 단계였기에, '일단은 집에 사무실을 꾸몄지만 곧 외부로 나갈 예정'이라는 밑밥을 깔아 두었다. 하지만 그날 방문한 영업사원은 그 자리에서는 별 탈 없이 하하 호호 대화를 나누고는 그 뒤로 연락이 되지 않았다. 영업사원도 회사도 모두 여러 차례의 시도에도 지지부진 회신이 없었다. 아무래도 우리한테 납품해 봐야 돈이 되지도 않을 것 같고, 이런 근본 없는 작은 업체에 괜한 수고를 감수하기 싫었던 게지 하면서 약간 서글퍼졌던 기억이 난다. 결국 가장 원했던 그 치즈는 공급받지 못했고 다른 치즈를 알아봐야만 했다. 우리는 이후 모든 미팅을 집 근처 카페에서 하게 되었다.

아, 그로부터 어느 정도 시간이 흐른 뒤에 일이 하나 있었다. 사실 동업자였던 Y의 여동생이 업계에서 꽤 유명한 파티시에였는데 이분의 말 한마디로 바로 '그 수입사'에서 바로 물건을 받을 수 있게 되었다. (이때 꽤 허탈했다) 왜 처음부터 이런 인맥을 활용하지 않았느냐고? 아직 어떻게 될지도 모르는 거의 기획 단계에서 주변 사람을 괜히 귀찮게 하는 것은 아닌가 싶은 마음이었던 것 같다. 지금 생각해 보면 그런 거 없고 무조건 주변에 도움을 청해 보는 것이 좋다고 생각한다. 의외로 내 주변 사람은 진솔하게 도움을 청하면 도

와주고, 말하지 않으면 모른다.

샤퀴테리 & 치즈 플래터가 처음 온라인 쇼핑몰에 등록되고 물건이 조금씩 팔리기 시작했다. 운영의 난이도도 조금씩 올라갔는데 핵심 이유는 이 상품의 카테고리가 '냉장식품'이라는 점이었다. 꽝꽝 얼어 있는 아이스팩과 보냉택배박스스티로폼는 물론이고 열 가지가 넘는 플래터 구성품 중 단 한 가지, 예를 들어 크래커 한 개라도 모자라면 출고할 수 없었다. 여기에 선물 포장을 위한 스티커, 박스, 색화지, 완충재와 같은 기타 부자재가 없어도 역시 출고는 불가능이다. 뭐가 되었든 단 한 가지라도 빠지면 고객에게 이 물건은 배송될 수 없었다. 이때는 규모가 작아서 구성품을 대체할 수 있는 다른 상품을 넉넉히 보유하고 있지도 않았고, 그냥 와장창 '으아, 어떡하지!' 하며 난리가 나는 거였다.

어려워도 꾸역꾸역 헤쳐 나가던 와중 '네이버 스마트스토어'를 넘어 '카카오 선물하기'에도 입점하게 되었다. 당시 카카오에서는 이처럼 와인을 위해 선별된 수입 안주 플래터나 유사 상품이 존재하지 않았기에 비마프의 제안서는 접수하자마자 즉각적인 반응을 받았다. 카카오 선물하기에 없던 제품류인지라 새로운 카테고리인 '샤퀴테리'와 해당 아이콘 이미지 모두 우리가 만들었다. 당시 MD 분은 아직 비마프의 브랜드 네임 밸류가 없으므로 일단 카테고리 이름을 이렇게 일반명사로 하자고 조언했었고 지금까지 그렇게 유지되고 있다. 지금 생각해 보면 조금 아쉽긴 하지만… 아무튼 그래서 카카오 선물하기에서는 비마프가 아닌 샤퀴테리로 검색해야 비마프 플래터가 나온다.

주문량이 늘면서 곤란한 상황이 점점 더 자주 발생했는데 주로 추석이나 연말, 연초의 특수한 시즌에 주문량이 급격히 올랐을 때 벌어졌다. 모든 일이 다 처음이다 보니 언제가 주문이 몰리는 성수기인지 경험하기 전이라 미리 대비를 못 했었고 그 대가는 혹독했다. 쇼핑몰을 열고 첫 번째로 맞이한 추석 시즌에 접어들면서 점차 평소 대비 주문이 늘더니 10배가 넘는 수량이 들어와 버리는 날까지 생겨 버렸다. 당연히 이 수를 감당하지 못하는 구성품이 발생했고 어떻게든 해결해야만 했다. 스티로폼 보냉 택배 박스가 모자라서 동네를 뛰어다니며 깨끗하고 멀쩡한 것들을 골라 주워 와 박박 닦아서 쓴 적도 있었다. 단순히 몇 개 정도가 모자랄 땐 이렇게라도 막아 보았지만, 제조 공장에서도 주문 물량이 넘쳐 스티로폼 박스 배송이 지연된다고 했을 땐 아찔했다. 우리가 출고해야 할 수백 개의 주문이 죄다 지연되어 버릴 테니 말이다. 그때는 고객에게 당일 출고의 약속을 지키지 못하면 회사가 바로 망하는 줄 알았을 때다. 지금 와서 생각해 보면 좀 미련하다 싶을 만큼 덤벼든 것 같다. 결국 하루는 내가 렌터카에서 레이를 빌려 급하게 경기도의 중간 물류 허브로 찾아갔고, 스티로폼 박스들을 레이에 꽉꽉 채워서 위험천만하게 집으로 운전해 돌아온 적도 있다. 레이가 얼마나 공간 활용 능력이 뛰어난지 이때 제대로 실감했다. 나는 이제 길에서 지나가는 레이를 보면 더 이상 경차 같아 보이지 않는다. 그저 대단한 공간 능력을 지닌 늠름한 차 한 대일 뿐!

이뿐인가, 보냉 박스는 있는데 정작 얼려 놓은 아이스팩이 없어서 내보내지 못한 경우도 있었다. 인근의 얼음집을 수소문하며 발을 동동 구르기도 했다. 나중엔 집 냉장고에 있는 내 일용할 최소한의 냉동식품들마저 모조리 꺼내 없애 버리고 아이스팩으로 꽉꽉 채웠다. 그나마 냉장고가 가정용치고는 큰 제품이어서 다행이었더랬다. 지금 와서 생각해 보면 일반 가정집에서 소화할 상품군이 아니었지만, 기획 단계에서 이런 실무까지 멀리 내다보지 못했다. 이런 실무 문제와 또 별개로 후발 주자가 생겨나면서 비마프의 문구부터 사진, 구성품 등을 영혼까지 카피 당하기 시작했다. 아예 상품 정보를 그대로 가져다 쓰는 업체도 있어 저작권 신고를 넣기도 했지만, 박멸하는 것은 쉽지 않았다.

더 이상 집에서 해결할 수준을 넘어섰다고 판단된 그때 상가를 알아보고 집 밖으로 사무실을 차려 나오게 되었다. 이 때부터는 스티로폼 상자를 쌓아 둘 공간도 아이스팩을 넉넉히 얼릴 냉동고도 확보되어 전에 비하면 여유 있는 대응이 가능해졌다. 그리고 고객과의 적극적인 소통을 통해 임박한 문제를 원만히 해결하는 방법도 차츰 배워 나가며 다양한 측면에서 심신의 수련이 이루어졌다. 물론 이 외에도 총천연색의 구토가 나올 것 같은 다채로운 문제들도 겪었지만 다 적기에는 그때의 스트레스가 재현되는 것 같아 줄이려고 한다. 책 쓰다가 내 수명이 줄어들면 그게 다 뭔 소용이란 말인가. 이후 코로나가 터지면서 내수 온라인 쇼핑 시장이 전체적으로 커졌고, 지속될 것 같았던 상승세의 매출은 자연스럽게 다시 꺾여 제자리로 돌아왔다. 그럼 그렇지, 인생이 그리 만만할 리가 있겠나.

재밌는 점은 와인 안주를 판매하니 이와 어울리는 와인을 추천해 달라는 요청을 심심찮게 받았던 것이다. 기업 단체 주문의 경우는 와인을 함께 구매하려는 요구 사항도 종종 있었다. 이때는 와인을 아예 취급하지 않고 오직 플래터만을 판매하고 있었기에 그때마다 "아, 저희가 아직 와인은 취급하지 않아서…."라는 궁핍한 변명을 늘어놓을 수밖에 없어서 참 아쉬웠다. 어떤 기업은 그럼 와인은 자기들이 직접 공수해서 보내 줄 테니 포장만 같이해서 납품해 달라고 요청하기도 했는데 그 작업을 하면서 도대체 이게 뭐 하는 짓인가 싶었다. 결국 주류 판매업을 추가하고 오프라인 와인숍 매장을 오픈해 버렸다. 온라인 쇼핑몰과 마찬가지로 오프라인 와인숍 또한 겪어 본 적이 전혀 없는 첫 경험이었다. 어디서 배운 것도 없는 막막한 마음에 프랜차이즈 와인숍 같은 솔깃한 광고도 많이 봤지만, 왠지 썩 손이 가질 않았다. 술깨나 마셨다는 알량한 자존심이 있어서이기도 했고, 사실 마셔 보지도 않고 뭔지도 모르는 와인들을 넙죽 받아다 판다는 것이 석연치 않기도 했기 때문이다. 먼저 시작한 비마프 온라인 쇼핑몰에서 판매하는 모든 제품은 내가 먹어 보고, 비교하고, 사용해 본 것들만 선별하여 판매해 왔기 때문에 동일한 기조에 의해 죽이 되든 밥이 되든 직접 와인 하나하나를 발주하기로 했다. 하지만 이때 새롭게 또 배운 사실이지만 와인은 가게를 열었다고, 자격이 있다고, 돈을 준다고 받을 수 있는 것이 아니었다. 인기 있는 와인은 발주를 원하는 숍이 많고 수입된 수량이 한정적이기 때문에 수입사는 보통 정해진 기존 거래처에만 납품하거나, 아니면 평소 수입사에서 다양하고 많은 와인을 가져간 숍을 매출순으로 줄을 세워 납품 여부와 수량을 결정한다. 일반적으로 매출이 크거나 충성도가 높은 와인숍일수록 그 대상 수입사로부터 좋은 공급가, 많은 수량, 인기 품목을 받을 수 있는 것이다. 어찌 보면 제한된 자원에 당연한 자본주의 논리에 따른 움직임이다.

초반에 납품을 문의하기 위해 전화를 걸었던 수입사마다 "아, 그 와인은 다 얼로케이션이라서 어렵습니다."라는 대답을 다들 나 빼고 짜기라도 했는지 똑같이 말해 주었다. 여기서 '얼로케이션Allocation' 또는 '얼로'라고 줄여서 말하는 이 용어는 한마디로 자격이 있는 사람만 받아 갈 수 있다는 '배정된 와인'이란 소리다. 그런 이유로 초반에는 내가 소비자였을 때부터 좋아했던 와인들을 전혀 받지 못했다. '아 이것이 어른의 사정인가!?'라는 생각의 돌덩이만 마음속 호수에 괜히 던져 댔다. 후에 알게 되었지만 여러 가지 와인 품목을 다양하게 그리고 당연히 많이 발주해 주면 좋다는 것과 더 나아가 구체적으로 연 매출 얼마를 미리 약속하는 소위 개런티라는 정책도 있었다. 초반부터 이런 사실을 솔직하게 이야기해 주는 영업사원이 없어서 그저 그 얼로 와인은 언제 들어오는지, 언제쯤 받을 수 있는지만 소심하게 반복해서 물어보곤 했고 근본적인 대답은 듣지 못했었다. 입장 바꿔 생각해 보면 아마 영업사원분도 새로 막 오픈한 와인숍 사장에게 대뜸 "연 몇억 정도는 가져가 주셔야 할인도 해 드리고, 인기 얼로 와인도 드릴 수 있다."라는 말을 서슴없이 하기엔 너무 거만하고 공격적이라고 느껴서 말을 흐렸을지도 모르겠다. 이래서 왕십리에서 와인숍을 운영하는 한 사장님은 자기가 직접 수입하는 와인이 없었다면 진작에 망했을 거라고 하신 적도 있다.

나는 와인숍만 하는 것은 아닌지라 감사하게도 아직은 망하지 않았다. 온라인 치즈 · 샤퀴테리 · 액세서리 쇼핑몰에 덧붙여 오프라인 와인숍 매장을 연 지 3~4년 정도 된 지금까지 모든 것이 여전히 현재진행형이다. 느리지만 가능한 와인을 직접 선택하고 마셔 보며 꾸역꾸역 점점 늘려 나가고 있다. 그 덕에 비마프 매장의 와인 가격표엔 직접 작성한 짧은 리뷰 글이 함께 붙어 있다. 매장에 찾아오신 고객분들이 종종 재밌다고 해 주실 때마다 뿌듯함과 묘한 쾌감이 느껴진다. 요즘엔 더 길게 쓰느라 온라인에 주로 작성하고 있긴 하지만.

와인의 랙이 한 개, 두 개 더 세워지고 비마프에 머무를 와인들이 그 선반 위에 한 자리씩 차지해 나가는 걸 보면 쌓여 가는 재고의 두려움보다 나의 소중한 셀러가 채워진다는 기분이 들기도 한다. 사업적인 측면에서 본다면 악성 재고는 좋지 않은 것이지만, 내가 선택한 와인들이라는 관점으로 바라본다면 재고가 아닌 자부심으로 연결할 수도 있다고 생각한다. 그리고 수년에서 수십 년까지 숙성 잠재력을 가진 중고급 와인들은 바로 판매되지 않아도, 아니, 오래 머물수록 더 좋다고 할 수도 있다.

어차피 세상의 모든 와인을 다 만나 볼 수는 없는 노릇이고, 그렇다면 적어도 내가 직접 경험해 본 테두리 안에서 상대방의 니즈에 공감하여 솔직하게 추천해 줄 수 있도록 하려는 것이 당장 목표이자 올바른 길이 아닐지 싶다. 그러려면 많이 마시고 또 많이 만나 보고, 갖춰 둬야겠지.

친구의 셀러를 털려는 들뜬 마음으로 와 주길 바라는 곳, 그곳이 내 와인숍이다.

2
장

와인 잔 너머로 보이는 것들

제철 음식?
제철 와인!

요즘 들어 가을과 함께 사라지고 있는 봄에는 찰나의 벚꽃을 맞이하기 위해 로제Rosé 와인을 미리 준비하는 자세가 필요하다. 마치 핑크빛 컬러 렌즈를 낀 것처럼 로제를 가득 담은 와인 잔 너머로 보는 세상은 없던 로맨스 세포도 생기게 하는 기분이다. 하지만 한국에서는 유독 로제 와인이 다소 폄하되고 있다고 생각한다. 레드도 아니고 화이트도 아닌 중간의 애매한 존재라고 여겨서 그런 대우를 받는 것이려나. 실제로 로제는 저렴하고 퀄리티가 떨어지는 와인이라는 편견을 가진 사람도 꽤 많이 보았다. 개인적으로 로제 샴페인Champagne을 좋아하는 사람으로서 꽤 안타까운 일이 아닐 수 없다. 청포도의 산뜻함과 적포도가 주는 떫은맛탄닌; Tannin의 무게감이 치우치지 않게 부드러이 섞여 있고, 외관적으로도 아름다운 컬러가 돋보이는 술이 바로 로제인데 말이다.

나에게는 뭔가 지치고 힘든 날일수록 떠오르는 술이 로제 와인이다. 레드의 묵직함은 부담스럽고, 화이트를 마실 만큼 들뜬 기분은 아닌 그런 날에 정확히 들어맞는다. 아니면 너무 술에 힘주지 않고 데이트 상대와의 관계를 조금 더 진전시키는 데 도움을 주는 윙맨 역할로 로제를 선택하기도 한다. 이처럼 로제를 마셔 보면 볼수록 로제만의 포지션이 확실히 느껴진다.

잠깐만 학구적인 이야기를 하자면 로제 와인은 크게 세 가지 방식으로 만들 수 있는데,

1) 적포도를 바로 압착하면서 자연스럽게 껍질에서 살짝 배어 나온 붉은 색소만으로 만드는 방법

2) 짜낸 와인 즙에 적포도 껍질을 담가서 진하게 우려내는 발효 과정 중 일부 와인만 쏙 빼내는 방법

3) 아예 레드 와인과 화이트 와인을 섞어서 로제를 만드는 방법

각 방법에 따라 로제 와인의 컬러의 진하기나 맛과 풍미, 무게감 등이 달라질 수 있다. 이 중에 로제 샴페인은 의외로 단순해 보이는 3번 방법으로 만들어지며, 샴페인 중에서도 더 고가로 취급되는 경우가 많다. 예를 들어, 한 유명한 샴페인인 '돔 페리뇽Dom Perignon' 로제는 일반보다 더 비싸고 마케팅도 더욱 특별하게 공들여서 한다. 최근 '돔 페리뇽 로제'의 콜라보는 글로벌 톱스타인 '레이디 가가'와 함께했다. 슈퍼스타인 그녀의 몸값을 생각한다면 LVMH루이 뷔통 모에 헤네시가 로제 라인을 얼마나 각별하게 생각하는지 알 수 있는 부분이다.

다음 계절인 욕이 절로 새어 나올 것 같은 한여름에는 어디로 튈지 모를 정도로 정신 사나운 산뜻함 그 자체인 소비뇽 블랑Sauvignon blanc을 마셔 줘야 한다. 한참 EDCElectric Daisy Carnival나 UMFUltra Music Festival 같은 일렉트로 댄스 뮤직EDM 페스티벌에 푹 빠져 있을 시절에 함께 가는 친구 C가 있었는데, 공연장에 가기 전에 꼭 이 친구의 집에서 모여 마치 준비운동을 하듯 텐션을 끌어올리는 시간을 가졌다. 작은 원룸이지만 통창이 있어 밖이 훤히 보이는 시티 뷰(?)를 안주 삼아 짝도 안 맞는 제각각의 유리잔에 소비뇽 블랑을 보드카처럼 콸콸 부었다. 그리고 '짠'을 외치는 것이 일종의 식전 의식이었다. 한입 꿀꺽 마시자마자 눈가에 주름이 갈 정도로 찌푸려진 얼굴 여기저기에서 각자의 리액션이 드러났다. 입안 곳곳에서 천방지축으로 날뛰는 이 맛은 내 혀의 양쪽 뒤 끝을 사정없이 찔러 대며 침샘을 자극하고, 마치 빨리 더 기분이 좋아지라고 종용하듯 다음 잔을 재촉했다. 이런 특징 덕에 언제든 분위기를 끌어올리는 애피타이저 격으로 마시는 술은 역시 소비뇽 블랑이었다. 뭐, 콘서트장에 가면 결국 데킬라로 끝을 보지만….

비록 뉴질랜드 해변가에서 세상만사 신경 안 쓰고 널브러져 있을 수는 없는 현생이지만 소비뇽 블랑 몇 병 정도는 플렉스 할 수 있는 나이가 되어 버렸다. 특히나 소비뇽 블랑은 2만 원 전후 정도의 저렴하면서도 훌륭한 생산자가 많은 덕에 여름 열기를 식히는 필수품으로 자리 잡았다. 여유가 있다면 호캉스나 리조트에 가도 좋겠지만, 친구들과 동네 벤치에 옹기종기 모여 미지근한 밤바람 맞아 가며 술이 아삭아삭할 수도 있다는 사실을 느끼는 순간, 이 또한 근사한 추억이 될 수 있다. 그렇게 소비뇽 블랑과의 밤을 몇 차례 보내고 나면 어느덧 봄처럼 점차 짧아지고 있는 소중한 가을로 접어든다.

가을에는 삶에 당장 큰 문제가 없을지라도 왠지 우수에 가득한 눈빛 한 번쯤은 가져 봐야 하지 않겠나. 그 눈빛은 '올 한 해도 다 갔네, 갔어.' 하며 달력을 보는 눈에서 특히 잘 드러난다. 그리고 그 눈은 이내 테이블 위의 술잔으로 옮겨져 조용히 잔을 들게 한다. 나이를 먹어 가며 어느 순간부터 내년에 무엇을 할지보다는 이미 지나간 달에 무엇을 했는지, 몇 년 전 이맘때에 무엇을 했는지에 대해 더 많이 이야기하게 되는 것 같다. 어쩌면 미래에 대한 기대보다는 과거의 찬란했던 개인사를 주거니 받거니 호응을 해 주는 것이 더 즐거운 나이가 되어 버린 걸까. 그렇게 생각하면 조금 서글프긴 하지만 아직 마셔 볼 와인이 너무 많이 남았다는 사실은 다시금 간에 힘을 주게 한다.

이처럼 가을은 시간을 느끼는 계절인 것 같다. 그래서 그런지 갓 담겨 세상에 풀린 어린 빈티지 와인이 아닌 적당히 나이를 좀 먹은 숙성된 보르도Bordeaux 레드 와인과 부르고뉴Bourgogne 화이트 와인이 필요하다. 물론, 그 '적당히'라는 단어의 정의는 여러분의 가치관과 자금 사정에 맡기겠다. 왜 프랑스의 보르도와 부르고뉴 지역 와인인지를 논하기에 앞서 왜 와인에 나이를 따지는지 잠깐만 이야기를 해 보자. 와인은 병에 담겨 코르크와 캡슐로 막힌 채 세상에 출시되지만 미세한 공기가 드나들 수 있어 세월의 흐름에 따라 와인도 조금씩 익으며 늙어 간다. 와인 생산자의 의도에 따라 다르겠지만 대부분 막 담았을 때는 활기가 넘치고 진하며, 복합적인 매력은 다소 떨어진다. 시간이 흐르면서 와인은 서서히 공기와의 접촉을 통해 진화하고, 정점에 다다르고, 그리고 내리막길을 걷는다. (마치 겉절이김치와 신김치의 차이!?) 이것이 변화가 거의 없는 위스키와 같은 증류주와의 차이이자 인간과는 비슷한 점이다. 그렇기에 와인에는 기쁨과 서글픔이 모두 존재한다.

너무 어린 와인에서는 발랄함과 선명함에 미소를 짓게 되지만 흥미롭지는 않을 수 있다. 반대로 너무 오랜 세월을 흘려보낸 와인을 맛볼 때는 좀 더 일찍 주인을 만나지 못한 것에 대한 안타까운 마음이 든다. 그래도 아직 간직하고 있는 고유한 개성의 흔적을 토대로 이 와인의 젊을 적 시절을 상상해 본다. 이상적인 세월이 지난 시음 적정기의 와인은 힘과 기교가 밸런스를 이룬 한 분야의 선수나 장인을 보는 듯 즐길 거리가 풍성하다. 이렇게 와인에 있어 나이라는 것은 의미가 있다. 여기에 더해 소위 말하는 생빈생년 빈티지이라는 와인을 찾는 경우가 있는 건 와인이 늙어 가는 존재라는 인식 때문에 생긴 문화 중 하나이다. 서양권에서는 태어난 자식이나 손자의 탄생년을 기리기 위해 그들이 성년이 되었을 때를 위해 미리 사 두는 부모도 있다. 나와 같은 해에 태어난 와인이라니. 궁금하기도 하고 왠지 한 병쯤은 좋은 것으로 갖고 있다가 중요한 날 오픈하고 싶은 마음이 들기도 한다. 어느 정도 나이가 들면 들수록 나와 동갑인 와인을 찾아내기란 어려워지는데, 이는 우리가 실제로 어릴 때와는 달리 사회에 나와서는 점점 친구를 사귀기 힘든 것과도 비슷하다.

예전에 한번은 와인을 좋아하는 이성에게 선물하고 싶어서 그분의 생년 와인을 구해 보고자 몇 달에 걸쳐 전 세계의 와인숍을 찾기도 했다. 그저 빈티지와 생년만 맞으면 되는 문제도 아니고, 그만큼의 세월을 버틸 수 있도록 양조된 고급 와인이어야 하며, 내 주머니 사정안에서 해결할 수 있어야 했고, 배송되는 시기가 한여름이나 한겨울이 아니어야 하고, 동시에 판매처가 믿을 수 있는 와인숍인지도 같이 고민해야만 했다. 어렵게 구해 왔는데 막상 오픈하니 식초가 되어 있다면 안주느니만 못한 그런 선물일 테니까. 다행히 바다 건너 넘어온 그 와인은 무사히 내게 도착했고, 숙련된 소믈리에가 있는 레스토랑에서 섬세하게 오픈을 도와주신 덕에 근사하고 멋진 시간을 보낼 수 있었다. 이런 선물은 상대방을 매우 감동하게 할 수 있으니, 각오하고 사는 것이 좋겠다. (자세한 이유는 뒤에…)

오래되었다고 무조건 맛있어지는 것이 아니고 어떻게 세월을 보내왔는가가 와인의 맛에 영향을 미친다는 점도 기가 막힐 만큼 인간의 삶과 유사성이 있다. 험하게 와인을 다루면 그만큼 와인의 질이 떨어지고 숙성에 따른 결과 기대치가 낮아진다. 그리고 좋은 환경에서 잘 숙성된 와인은 때가 되어 본연의 성숙함을 한껏 뽐낼 수 있게 된다. 다만, 일반적으로 장기 숙성용으로 만든 와인도 40~50년 정도 버티는 것이 한계인 것으로 알려져 있다. 아, 너무 아쉬워는 마시라. 40~50대가 넘는 분에게는 그 이상의 오랜 세월 동안 버틸 수 있는 특별한 와인인 포트와인Port wine이 있으니까. 이쪽에서 생빈을 찾아보면 된다.

이제 와인의 나이에 대해서는 충분히 이야기한 것 같으니 다시 가을의 와인 이야기로 돌아와 보자. 보르도와 부르고뉴의 모든 와인이 그렇다고는 말할 수 없지만 보통 적당한 시간이 흐른 약 몇 년의 기간 사이에서 즐기기를 권하는 경우가 많다. 예를 들어 2020년 빈티지 와인이라면 약 2024년에서 2030년 사이에 마시는 것을 추천한다는 식이다. 이는 와인과 생산자마다 모두 다르다. 자신의 와인은 출시된 즉시 바로 마셔도 좋다고 권하는 생산자도 있으니 말이다.

이렇듯 병에 담겨 숙성되면 와인에 남아 있던 각종 미세 부산물과의 느린 화학적 반응에 따라 와인의 풍미가 서서히 변화할 수 있는데 이것이 복합적인 향과 맛을 부여하는 데 영향을 미친다. 너무 어린 와인을 마실 때의 느낌이 생명력에 가까운 1차원적이라면, 오래된 와인에는 여러 층의 풍미가 섞여 있고 맛도 좀 더 연해졌다는 것을 종종 느낄 수 있다. 마치 인간이 나이가 들면서 경험이 많아지고, 괄괄한 성격은 잦아들어 둥글둥글해지며, 지혜로워지는 면모가 생기는 것처럼 말이다. 와인 역시 마찬가지라고 생각한다면 조금은 과장을 보태 꽤 맞는 말일 것 같다. 그래서 가을에는 시음 적정기의 훌륭한 보르도의 레드 와인과 부르고뉴 화이트 와인이 유독 마시고 싶어져 그 구매 비용을 함께 감당해 줄 동료를 찾는 게 일이다. 아니면 누군가에게 셀러에 보관하고 있는 시음 적정기의 중고가 와인을 꺼내 오라고 열심히 꼬실 수밖에 없다. 이럴 때 '아끼면 똥 된다.'라는 말이 특히 잘 먹히더라. 애지중지해 온 와인이 똥 되는 것은 정말 참을 수 없는 일이기에.

가을 이야기가 너무 길었다. 실제 한국의 가을은 참 짧디 짧은데 말이다. 마지막 계절인 겨울에는 이게 그냥 레드 와인인가 싶을 정도로 높은 도수의 쉬라즈Shiraz나 포르투갈의 포트와인 그리고 정말 귀가 떨어질 것 같은 한파에는 뱅쇼Vin chaud라는 와인을 넣고 끓인 칵테일이 있다. 추운 칼바람 날씨를 견뎌 내고 실내에 갓 들어와 아직 빨갛게 추위에 얼어 버린 양 볼을 녹여 줄 뱅쇼는 '그래, 이제 안전한 곳에 왔어.'라는 안심마저 들게 한다. 먼저 말한 쉬라즈는 포도 품종이다. 특히 호주의 쉬라즈 와인은 13~14도 정도의 일반 레드 와인보다 1~2도 정도 더 높은 도수 대의 와인이 많다. 그렇다고 소주보다 도수가 높진 않지만 갈수록 낮은 도수의 술이 주목받는 이 시대에 딱 알맞은 강함이라 겨울에 더 걸맞다. 전에 진한 거 좋아한다며 추천을 요청했던 손님에게 쉬라즈를 추천하면서 슬그머니 "그런데 도수도 조금 높은데 괜찮으시겠어요?"라고 물어보면 "아, 효율적이고 좋네요! 도수 센 거 좋습니다."라며 흔쾌히 쉬라즈를 사 가시기도 했다. 그래서 이 쉬라즈는 약간 양갈비, 장어, 삼겹살 같은 기름진 부위가 있는 육류와도 궁합이 잘 맞고, 추운 겨울 얼어 있는 몸을 녹이기에도 적절하다.

앞서 언급했던 포트와인은 와인 양조 과정 중의 추가적인 알코올을 넣어 '강화'한 와인이다. 이게 무슨 게임 아이템도 아니고 강화 타령이냐 싶겠지만 이런 술의 정식 분류명은 '주정강화와인Fortified wine'이다. 주정을 강화했다는 소리로 실제 양조 과정 중 매우 높은 도수약 90%의 술을 소량 첨가하여 최종적으로 약 18~21% 정도 도수의 와인을 만들어 낸다. 이런 주정강화와인에는 크게 셰리Sherry, 마데이라Madeira, 포트와인 등이 있지만 셰리 와인은 요즘 판매가 많이 되지 않아 어려움을 겪고 있다고 들었다. 셰리는 실제로 마셔 보면 호불호가 갈릴 것 같은 독특한 부분이 확실히 있어서 그 뉴스에 납득이 되어버렸다. 그나마 마데이라나 포트와인은 마니아층이 있어서 어렵지 않게 만나 볼 수 있다. 포트와인에는 저렴한 루비 포트Ruby Port부터 오랜 숙성을 거친 고급 토니Tawny나 빈티지Vintage 포트와인까지 다양한 선택권이 있으니 개인 사정에 맞춰 접근하기 좋다. 무엇보다 작업주로도 잘 쓰일 것 같다고 생각했다면 그 말도 물론 맞고.

봄, 여름, 가을, 겨울에 걸쳐 떠오르는 제철 와인을 골라 보았는데, 올타임 레전드인 나의 사랑 피노 누아Pinot noir를 언급하지 않은 이유는 제철 계절이 없어서가 아니다. 오히려 피노 누아는 사계절이 제철이라 따로 콕 집어 말하지 않은 것뿐이고 무엇보다 내내 마시기에는 지갑에 돈이 부족한 것뿐이다. 그래서 내가 늘 돈이 없다.

소비뇽 블랑의 발랄한 성격을 정말 잘 표현했다고 여겨지는 라벨.
특히 그 안의 사진.
정말이지 신나게 뛰놀고 싶은 기분을 만들고 싶을 때 선택하는 품종이다.
실제로 저렇게 벗고 뛰진 않겠지만.

외롭다면 와인을 마시자

와인은 보통 혼자서 마시기 힘든 술이다. 가장 기본이 되는 병의 용량이 750ml로 그 양이 적지 않기 때문이다. 도수를 떠나 양만 본다면 맥주 한 캔이 355ml, 소주 한 병이 360ml 정도 된다. 요즘엔 절반 정도인 365ml 하프보틀 와인이 나오긴 하지만 보기 드물거나 수입이 잘 안된다. 게다가 양이 줄면 되레 ml당 가격이 오르니 머릿속 계산기를 두드리게 되고 "야, 그거 그 돈 주고 살 바엔 그냥 큰 거 사서 남기는 게 이득이겠다."라며 웬만하면 일반 병을 사게 된다. 그럼, 반대로 아예 "병 사이즈가 더 커지면 한 번에 사는 양이 많아지니 ml 당 가격이 내려가냐?"라고 물으신다면 재밌게도 또 그 반대다. 750ml 다음으로 큰 와인병은 매그넘magnum이라 불리는 1.5L 사이즈인데 생산 자체를 많이 하지 않다 보니 병 가격을 비롯한 운송, 보관, 관리 등 부대비용이 추가되어 더 비싸진다. 과학적으로 큰 의미가 있는지는 모르겠지만 같은 와인이라도 매그넘 사이즈에 담긴 것이 더 맛있다고들 한다. 큰 병에서는 숙성이 더 느리게 진행됨 결국 규모의 경제 법칙에 따라 평범한 사이즈가 가장 저렴해진다. 아무튼 이런저런 이유로 750ml 용량을 사는 것이 합리적인 선택이 되지만 이는 혼자 마시기는 늘 부담스러운 용량이다.

일전에 여자친구 E가 가장 애정하는 최애 바텐더 Y 씨의 퇴사 파티가 열렸던 바에 간 적이 있었다. 그 장소에 오신 분은 대부분 그의 단골이었고, 각자의 고마움과 아쉬움을 표현하러 그날 모이신 것이었다. 한 가지 일을 열심히 하고, 세상에 그의 노력을 입증하는 데 성공한 사람에게는 이렇게 많은 사람이 끌린다는 것을 다시 한번 느낀 날이기도 했다. 그중 어떤 한 손님이 축하의 의미로 매그넘보다 더 큰 사이즈인 제로보암3L의 프로세코이탈리아 스파클링 와인를 가져와 바 테이블에 앉은 사람들에게 한 잔씩 돌렸다. 스파클링 와인의 병은 스틸 와인Still wine; 탄산이 없는 와인에 비해 병이 더욱 두껍고 튼튼하며 무겁다. 내부 탄산의 높은 압력을 이겨 내야 하기 때문인데 겉으로 보이는 그 장엄한 위용은 실제로 보면 '우와~.' 하는 말이 절로 나올 정도다. 그 옆에 둔 평범한 와인 잔의 크기가 마치 최홍만 선수가 들고 있는 소주잔처럼 보이지만 사실은 500ml 맥주잔인 것 같다고나 할까.

여기서 종교가 기독교 또는 천주교이거나 이유 없이 서양 미술에 관심 있는 분이라면 '제로보암'이 귀에 익을 텐데 맞다. 제로보암혹은 여로보암은 성경에 나오는 이스라엘 왕의 이름으로 와인 사이즈 명칭에 사용되었다. 이 외에도 그 기원은 아직 밝혀진 바가 없지만 여러 왕이나 등장인물이 사이즈 명칭에 두루 쓰이고 있다. 외울 필요가 전혀 없지만 그냥 읊어 보자면 까르1/4병, 드미1/2병, 부떼에750ml, 매그넘2L, 마리잔느3병 사이즈, 제로보암4병, 르호보암6병, 므두셀라8병, 살마네세르12병, 발다자르16병, 느부갓네살20병 등의 식이며 지역과 와인별로 용량과 이름의 매칭은 조금씩 다를 수 있다. 제로보암을 넘는 사이즈는 큰 와인바나 수입사에 세워진 속이 빈 마케팅용 더미 병을 가끔 볼 수 있다. 알맹이가 들어 있는 진짜는 현지 와이너리 창고를 가면 구경할 수 있겠지만 과연 살 일이 있을지는 미지수다.

술친구가 필요한 또 다른 이유로는 와인의 종류가 너무 많기 때문이다. 와인에 취미가 붙기 시작하면 전 세계에서 쏟아져 나오는 종류의 수에 압도되지만 그것이 매력적인 도전으로 다가오기도 한다. '네가 우리를 다 만나 볼 수나 있겠어? 이 필멸자야.' 하는 목소리가 들린다면 당신도 약간 위험한 와인계 모험가 기질이 있는 것이다. 대형 마트나 규모가 있는 전문 와인숍에 가 보면 사방의 벽과 사람이 지나다닐 수 있는 동선 사이사이 빼곡히 놓인 수많은 선반에 그득한 와인을 볼 수 있다. 나라별, 품종별, 컬러별, 스타일별로 친절하게 분류해 뒀지만, 이 거대한 와인 바다의 비주얼에 멍하니 망망대해를 표류하다 목적지를 잃고 그대로 나가는 사람이 적지 않을 정도다. 나도 내 키의 두 배가 넘는 와인 선반 앞에서 '내가 죽기 전에 얼마나 마셔 볼 수 있을까?' 하는 어리석은 생각을 해 보곤 했다. 하지만 여러 가지를 맛보고 싶은 욕망을 따라 내 통장이 함께 성장하지는 못하기 때문에 이 여정을 함께 할 전우를 찾게 되는 것이 자연스러운 행보가 된다.

그럼, 사람을 모아 봐야겠는데 가급적 다양한 와인을 맛보고 싶고, 금전적인 짐을 나눌 수 있고, 그러면서 또 좋아하는 것에 관해 대화를 나눌 수 있는 사람을 모으는 데 최적인 건 바로 와인 모임이다. 한마디로 나같이 와인에 빠진 (혹은 빠뜨릴 가능성이 있는. 후훗) 사람 몇 명을 더 모으는 거다. 보통 한 병을 대략 120ml 정도씩 나눠 마신다고 했을 때 여섯 잔 정도가 나오니 모임의 인원은 여섯 명으로 주로 설정이 된다. 여기에도 설전이 벌어질 수 있는 포인트가 있긴 하다. 와인에 일가견이 있는 후배 K는 '그렇게 적은 양의 술을 한번 마셔 본 것으로 그 와인을 마셔 봤다고 할 수는 없다.'라는 것이었다. 적어도 한 와인을 여러 번에 걸쳐 접하고 또 여러 빈티지를 마셔 봐야 비로소 한 와인을 제대로 마셔 봤다고 말할 수 있다는 주장이다. 나는 그 말에도 어느 정도 공감하는 바이나, 그렇다고 120ml의 경험에 아무 가치를 부여하면 안 된다는 냉정한 단언에도 쉬이 동의하기는 어려웠다. 몇 번의 티격태격함에 약간의 언성이 높아질 기미가 보이자 슬그머니 '그래 너 말도 맞지만, 아무튼 내 말이 옳다.' 식으로 얼버

무려 버렸다. (아마도 각자의 마음속으로)

와인 모임에 참여할 정도면 적어도 술을 전혀 못 하진 않을 것이고, 대부분 술을 일부 버리는 한이 있더라도 새로운 맛을 향한 욕구만은 충만한 경우가 많다. 그래서 일반적으로는 '여섯 명이 모여 4~7가지 와인' 식으로 인원수와 금액대에 맞게 와인 리스트를 꾸린다. 혼자서라면 7만 원짜리 와인 한 가지밖에 맛보지 못했을 텐데 같은 값으로 다섯 배에 달하는 수의 와인을 맛볼 수 있다니 이 얼마나 스마트한 행위란 말인가. 매우 고가의 와인이 리스트에 있는 경우는 농담 반 진담 반으로 저울과 스포이드를 가지고 모임에 나오는 경우도 있다고 한다. 따지자면 와인 1ml의 값어치가 몇백 원에서 몇만 원까지 갈 수도 있으니 마냥 유난스럽다고 욕하기도 힘든 일이다. 그래서 참석 의사를 밝힌 뒤에 모임 날짜가 임박하여 갑자기 취소하는 짓은 굉장한 비매너에 속하는 일이 되어 버린다. 단순히 당일에 "제가 갑작스러운 일이 있어서 못 나가게 되었어요. 죄송합니다."라고 끝날 일이 아니기 때문이다. "죄송? 죄소오오오옹?" 하며 멱살을 잡진 않겠지만 저 변명을 보는 즉시 모임을 주관하는 사람은 극심한 스트레스에 빠지게 된다. 왜냐하면 비용이 달라지기 때문이고, 대부분 그렇듯이 돈은 민감한 이슈가 될 소지가 충분하니까. 나머지 멤버들에게 "한 분이 이러저러해서 빠지게 되셔서 비용이 올라가거나 와인 리스트를 조정해야 할 것 같은데 괜찮으실까요?"라는 민주주의식 의사 결정 과정을 거쳐야 하는데, 이는 사람들에게 피로감을 주게 되어 모임 자체가 박살 나는 경우로 이어지곤 한다. 결국 이런 문구가 와인 모임 소개 글 끝에 박히게 된다. '신청 및 입금 완료 후, 취소 불가이며 양도만 가능합니다.' 즉, '무료 노쇼'는 없다는 말이다.

이제 혼자서라면 감당하기 힘든 금액대이거나 다양한 가짓수의 와인을 맛볼 수 있게 되었다. 모임의 마지막 이유는 소통이다. 사람들은 자신이 좋아하는 것, 관심 있는 것에 대해 함께 이야기 나누는 것에서 행복감, 유대감 그리고 더 나아가 소속감마저도 느낀다. 오늘 마신 와인을 만든 와이너리에 대해, 그 집안에 대해, 누가 누구와 결혼했고, 땅의 위치는 어디이며, 좋은 밭은 누가 상속받았고, 양조법은 어떤지, 모 연예인 · 정치인이 마셨다더라 등등 수다의 꽃이 몇 다발쯤은 우습게 피고 진다. 모두가 이렇게 다 와인 자체의 배경

지식을 꿰차고 말하지 못해 입이 근질근질한 채 오는 것은 아니다. 잘 모르지만 와인이라는 공통분모를 토대로 나온 사람들과 시간을 보내는 것에 만족을 느끼는 사람도 있고, 새로운 이성과의 만남을 추구하는 사람도 분명히 있다. 그리고 당연하겠지만 술기운을 빌려 와인과 전혀 상관없는 자신만의 이야기로 소소한 위로를 주고받는 것도 지극히 자연스럽다. 와인 모임에서 알게 되어 동업에 이르는 분들도 보았다. 이처럼 각기 다른 생각을 가지고 나왔지만, 한 병의 같은 와인을 나눠 마시는 그 시간 속 소통은 피할 수 없다.

단순 대화의 소통을 넘어 더한 노력을 하는 사람도 있다. 정기적으로 와인 모임을 하는 일원 중 G라는 분이 계시는데 십수 년 정도 지난 시음 적기의 무르익은 와인을 주로 구해 오신다. 여기서 끝이 아니다. 와인 장소가 어디든 와인의 모든 것을 제대로 음미할 수 있도록 하얀 식탁보와 수십 개의 고급 잔을 아무 대가 없이 가지고 오신다. 아마도 뼛속까지 보라색일 것 같은 사람이다. 이분이 최근 모임 자리에서 한 말이 깊게 와닿아서 적어 두었다.

"와인은 혼자 마실 때 가장 맛없는 술."

그동안의 행보를 보았을 때 왜 그렇게까지 모든 사람들이 와인을 맛있게 마실 수 있도록 별도의 수고를 하는지 단번에 이해할 수 있는 말이었다. 돈도 안 되는 일인데 말이다. 정말이지 그 대단함에 혀를 내두를 수밖에 없는 분이다. (심지어 와인 업과 전혀 무관)

한자리에 모이지 않더라도 사람이 필요한 경우는 또 있다. 와인을 값싸게 사고 싶을 때 '공구공동구매'를 하는 일이다. 사람이 모이면 물건이 싸지는 것은 시장 논리상 쉽게 따라갈 수 있는 인과다. 물론 같은 걸 너무 많이 원하거나 애당초 공구를 감당할 만한 생산량이 없는 와인들이라면 의미가 없지만…. 해외에서 바로 구매하는 직구는 배송비를 나눠 낼 수 있는 이점과 각종 할인 혜택을 노려볼 수 있고, 이미 수입된 와인일지라도 수입사에 직접 많은 구매 수량을 담보로 할인가를 요청해 볼 수도 있다. 이렇게 좋은 와인을 값싸게 사고 싶은 마음에 애호가들은 온라인 카페로, 오픈채팅방으로, 밴드로 속속 모여 작은 커뮤니티를 생성하고 무수히 많은 모임이 그 안에서 탄생하고 또 사라진다.

아무튼 이런 와인이 가진 태생적 한계라고 해야 할지 힘이라고 해야 할지, 덕분에 와인에는 '사람'이 늘 따른다. 다른 술과는 달리 처음 보는 사람을 모집하고 같이 마시게 되는 것이 유독 와인을 오랫동안 곁에 둘 수 있는 이유가 아닐지 싶다. 새로운 와인만이 아닌 새로운 사람과 만날 기회마저도 제공해 주니까. 그야말로 가능성의 술이다.

'그런데 그것이 실제로 일어났습니다.'
사실 이 자리에 있던 참석자들은 오히려 뭐 그런 짓을 하냐고 만류했지만,
공정한 노력을 한껏 드러내려고 오버한 호스트 탓에 저울이 등장.

공부를 해야 하는 술

뭐든 알면 알수록 재미가 더해진다는 말이 있다. 모든 술이 다 그렇지만 특히 와인은 수많은 국가와 지역에서 각기 만들어 내기에 더 그러하다. 그냥 보기에는 뽕나무 열매인 오디로 담근 술과 별반 차이가 없다고 치부하는 사람도 있지만 알고 보면 이야깃거리가 태산처럼 쌓여 있는 것이 와인이다. (오디주를 비하하는 것은 아니다! 하지만 전 세계에서 오디주를 만들진 않잖아…)

나는 여행을 가면 그 나라의 음식을 먹고, 문화를 궁금해하고, 적어도 몇 가지 필수적인 언어는 배워야 한다고 생각하는 사람이다. 단적으로 말하면 짧은 기간 해외에 가서 한식이나 김치를 찾는 일을 피하는 편이다. 김치는 돌아와서 실컷 먹으면 되지만 내가 그곳에서 경험해 볼 수 있는 시간과 내 위장의 힘은 한정적이니까. 사케, 맥주, 소주, 위스키, 럼, 보드카, 데킬라 등등 세상엔 참 많은 술이 있고 이 하나하나를 여행지라고 생각한다면 이들에 대해 알아보고 마셔야 한다는 의도인 셈이다. '뭐 꼭 그렇게까지 골치 아프게 파헤치나? 그냥 마시고 취하면 그만 아닌가?' 할 수도 있고 그 생각도 충분히 존중하는 바이다. 술을 문화, 음식, 혹은 역사라는 큰 주제로 바라볼 수도 있겠지만, 단순히 세상이 할퀸 마음의 상처를 소독할 알코올 역할로 사용할 수도 있으니까. 속을 다쳤으면 속을 어루만져 주는 것이 인지상정 아니겠는가. 매번 꼭 대단한 의미를 찾아내려 하지 않아도 좋을 것이다.

시작은 술을 고를 줄 알고 싶어서가 컸다. 사케라면 준마이, 다이긴조, 도쿠베츠 같은 분류 용어나 쌀을 얼마나 깎아냈는지 도정 정도, 맛이 단 쪽인지 매운 쪽인지, 생나마사케인지, 콜드체인으로 들어왔는지, 어느 지역 쌀로 만들었는지, 술 이름의 의미는 무엇인지, 생산자나 지역에 얽힌 스토리가 있는지 같은 것 말이다. 이런 내용은 비단 사케에만 있는 것은 아니다. 맥주는 또 분류가 어찌나 많은지 예전에 '맥덕의 길'이라는 수제 맥주 시음 모임을 진행할 때 놀란 적이 있다. 참고하던 책에 한 페이지도 모자라 여러 페이지에 걸쳐 그려 놓은 복잡스러운 역사적 맥주 분류표를 보고 '아오….' 하는 탄식과 함께 눈살을 찌푸렸던 기억이 난다. 하지만 눈으로는 욕해도 내 혀와 간은 설렜을 것이다. (말로는 싫다고 하지만 몸은 정직하다는 게 이런 건가?) 사케에 빠졌을 땐 일본과 사케에 관한 공부를, 맥주에 빠졌을 땐 유럽과 맥주에 관한 공부를 그리고 위스키에 빠졌을 땐 스코틀랜드와 위스키에 관한 공부를 했더랬다. 그게 내가 술을 마주 보는 방식이고 그 존재에 대한 감사의 표시이며, 나와 술을 함께 기울이는 사람에게 들려주고 싶은 이야기다. 왜 내가 우리의 술자리에서 이 술을 택했는지. 그만큼 당신과의 시간을 위해 내가 신경 썼다는 어필이자 제스처다.

다른 술의 시대가 지나가고 나의 술 사이클이 와인으로 접어들었을 때 역시 비슷한 고민을 하게 되었다. 주변에 와인을 마시는 사람이 많아지고, 온라인 와인 카페의 글을 읽고,

모임에도 슬쩍슬쩍 다니다 보니 '와인도 한번 제대로 공부해 볼까나….' 싶은 호기심이 스멀스멀 기어 올라왔다. 예전에 땄던 '조주기능사' '주조'기능사는 금속가공과 관련된 전혀 다른 분야도 그렇고 국제 바텐더 자격증도 그렇고 꼭 모든 자격증이 실력으로 이어지진 않는다. 그보다는 해당 분야에 관심과 흥미를 돋우는 데 도움이 된다고나 할까? 그래도 왠지 있으면 따고 싶어지는 게 우리 한국인들 마음 아닌가. 운동을 막 시작했을 때 걸리는 장비병과 유사한 것 같다. (나만 그런 거 아니라고 믿는다) 그런 자격증이 와인 업계에는 WSETWine & Spirit Education Trust과 CMSCourt of Master Sommeliers가 있는데 양대 산맥처럼 인정되는 국제 자격 프로그램이다. 지향하는 방향성이 각각 다르긴 한데, 좀 더 지식과 이론에 가까운 것은 WSET이고 서비스와 실무에 가까운 것은 CMS라고 단순하게 볼 수 있겠다. 주로 사무 · 강사 쪽은 WSET을, 소믈리에 쪽은 CMS를 주로 많이 선택하지만 두 가지를 모두 따는 분도 많다. 나는 이 중에서 WSET을 선택했고, 총 4단계 중 레벨 1부터 3까지만 한국에서 이수할 수 있다 하여 당당히 '내가 그동안 마신 와인을 생각하면 레벨 3으로 바로 가야 하지 않겠어!? 크흠!' 하는 되지도 않는 만용을 부렸다. 그리고 후에 시험 준비를 하면서 하루에 세 번씩 내가 '왜 그랬을까?'를 되뇌었다고 한다. 이게 끝이면 참 좋았겠지만 나는 미래에 다른 자격증인 WSGWine Scholar Guild의 FWSFrench Wine Scholar; 프랑스 와인 심화 과정을 공부하면서 저 말을 또 반복했다. 후… 인생.

처음에는 200만 원을 넘는 WSET 레벨 3 수강 비용이 부담되어 미리 독학할까 싶어 영국에서 교재도 주문해 봤지만 세월아 네월아 책장에 고이 껴 놓고 뺄 줄을 몰랐다. (이 책은 에디션이 바뀔 때까지도 보질 않아 결국 이사할 때 버렸다. 망할) 돈을 안 쓰면 책도, 운동도, 뭣도 안 하는 나이가 되어 버린지라 도저히 안 되겠다고 판단이 들었다. '돈을 쓰자! 역시 난 안되는 놈이야! 하지만 나만 죽을 수는 없지!' 하는 마음으로 여자친구 E의 뒷덜미를 잡고 같이 학원에 덜컥 등록했다. 일단 저지르는 건 잘하니까. 레벨 2를 통과하지 못하면 레벨 3을 수강할 수 없다는 깍쟁이 같은 학원도 있었지만, 다행히도 바로 레벨 3으로 들어갈 수 있게 해 주는 학원 또한 있었다. 조주기능사를 준비할 때도 학원 수강비가 아까워 차라리 그 돈으로 실기시험 때 필요한 술을 몽땅 다 사 버린 게 바로 나다. 그리고 친구들을 집으로 초대해서 바텐더처럼 주문받아 어설프게 술을 만들어 주며 연습했다. 평소에는 쉽게 만들던 칵테일도 그렇게 뭔가 각 잡고 손님을 가장한 친구들에게 맛이 없네, 손이 보이네 등 고오마운 타박을 받으며 만드니 이게 뭐라고 손이 덜덜 떨렸다. 그러고 보면 그놈들의 닦달이 시험 준비에 많은 도움이 되긴 했다. 그러나 실기시험의 레시피와 리스트가 공개된 조주기능사 시험과 달리 WSET은 실기에 무슨 와인이 나올지도 모른다. 전 세계 와인을 다 사 버릴 수는 없으니, 레벨이라도 가장 높게 한 번에 도전하는 것이 비용 절감이라 합리화했다.

결론적으로 먼저 말하자면 WSET 레벨 3을 바로 수강한 것은 만족스러웠고, 또 지금에 와서 다시 돌이켜 봐도 참 잘 선택했다는 생각이다. 물론 레벨 1, 2부터 차근차근 복습 겸 기초를 밟아 올라오는 것도 그 나름의 장점은 있을 것이다. 이 과정을 통해 와인을 더 맛있게 즐길 수 있게 되었고 같이 공부했던 와인에 미친 동기들도 새롭게 사귀게 되어 더 기분이 좋았다. 코로나 시절의 기수는 아무래도 수업만 마치면 썰물 나가듯 사르륵 빠져나가는 분위기였다고 한다. 여기에 얼굴까지 마스크로 가렸으니, 동기라는 개념 자체가 거의 사라지다시피 했을 거다. 하지만 우리 기수는 일단 코로나 이후이기도 하고 사회적으로도 차츰 모임에 대한 거부감이 사라져 가는 시기였다. (당시 나는 여전히 코로나에 한 번도 걸리지 않았었다. 친구가 없어서는 아니다. 암, 그렇고말고) 게다가 기수의 장을 맡았던 B는 자칭 '관종 오브 더 관종'으로 누가 묻지도 않았는데 할 사람 없으면 자신에게 기장을 내놓으라고 자리를 박차고 일어나 강변했고, 반대 하나 없이 기수의 장이 되었다. 그 뒤 잔 다르크처럼 사람들을 이끌어 매 수업이 끝날 때마다 학원 근처에 적당한 가게와 협상을 했고, 그날 배운 국가와 와인에 대한 '복습'의 시간을 갖게 했다. 실로 엄청난 리더십과 교섭력이 아닐 수 없다. 원래라면 와인 콜키지외부 술의 반입 서비스가 불가능한 곳도 그에게는 아무 문제가 되지 않았다. 어느새 우리는 그 가게에서 와인을 마시고 있었으니까. 심지어 학원 측에서도 뭐 이런 기수가 다 있냐며 우리를 유심히 관찰할 정도였다. 그도 그럴 것이 매주 수업을 마치고 다음 날 새벽녘까지 와인 이야기만 하는 사람들이 많지는 않을 테니까. 지방에서 올라온 분도 계셨고 열정이 아무튼 아주 대단했다.

이렇게 활활 불타오르던 사람들이 원장님의 뒤통수를 친 사건이 있었으니. 모든 수업이 종료되고 시험 신청을 해야 하는 시기가 다가왔을 때이다. 하지만 일반적인 시험과 가장 큰 차이점이 있는데, 1년 이내라면 시험을 계속 미룰 수 있다는 점이었다. 그렇게 열정적으로 실기의 예 · 복습을 하던 수강생들이니 시험도 바로바로 신청할 것이라는 기대와는 달리 딱 한 명만이 시험을 신청했고 그마저도 학원의 직원이었다. 그동안 시험공부를 미리미리 잘하도록 독려하고 인도해 주신 원장님의 노력과 기대와는 달리 사람들은 매주 수업이 진행됨에 따라 차곡차곡 쌓아 올려진 시험 분량에 겁을 먹었던 것이다. 외울 것이 너무 많았던 거지. 새로운 와인만 보면 치와와처럼 날뛰던 내 간도 시험 앞에서는 그것은 마치 자신의 할 일이 아니라는 듯 슬그머니 시선을 외면했다. 나도 바로 보는 것은 부담스러워 한 달만 열심히 공부하자고 시험을 미뤘지만, 한 달이 두 달 되고, 몇 달이 되어 갔다. 훗날 주변의 다른 이들이 나에게 시험에 대한 조언을 구해 올 때는 수업 종료 직후 바로 시험을 보라고 답해 주고 있다. "시험을 미룬다고 네가 더 공부하진 않는단다."라고 말해 주며. 한마디 더 보태자면 원장님의 강의가 아직 머릿속에서 반복 재생

가능할 때 빨리 보는 게 낫다.

뒤늦게 이 진리를 깨달은 사람들이 모여 배수의 진인 스터디를 조직했고, 더 이상 미루지 않기 위해 결사 항전을 펼쳤다. 나 역시 몇몇 사람들과 스터디를 만들어 최후의 준비를 함께했다. "이게 뭐라고 이렇게까지 할 일이냐?"와 "내가 무슨 부귀영화를 누리려고."는 우리 대화에 빠지지 않고 등장하는 단골 문장이 되었다. 그러면서도 기출문제와 최신 정보를 입수해서 자체 모의고사도 보고, 와인 실기를 위한 대비테이스팅도 잊지 않았다. 시험 준비가 술을 마시는 일이라니 관계없는 사람이 본다면 어이없어할지 모를 일이다. 그래도 이 시험에 떨어진다면 그동안 마신 와인과 나의 간에게 너무 미안해질 것 같기도 하고, 또 창피하기도 할 것 같아서 다들 이론 공부할 때만큼은 와인을 자제하는 초인적 인내심을 발휘했다. 시험 결과가 나오기까지는 보통 4개월 정도가 소요되는데 실기를 제외한 객관식과 주관식 답안 채점은 한국이 아닌 영국 본원에서 처리하기 때문이다. 그동안 먼저 시험을 친 사람의 결과가 나오는 것을 보며 바들바들 떨고 있어야 한다는 소리다. 누군가는 붙고, 누군가는 떨어지고 하는 소식이 들려올 때마다 축하와 위로의 메시지를 주고받았다.

요즘은 없어서 혹은 못 찾아서 모른다는 말은 잘 통하지 않는 세상이다. 인터넷에 검색해 보면 무료로 제공되는 자료가 많아서 관심을 두고 둘러본다면 정보는 넘쳐난다. 체계적인 자료와 교육 커리큘럼이 필요하다면야 응당 유료 서비스를 이용하는 것이 맞겠지만, 양질의 무료 콘텐츠도 상당히 많다. 미국 UC Davis 대학에서 무료로 제공하는 온라인 와인 수업도 있고, 프랑스 샹파뉴 협회에서 제공하는 온라인 샴페인 과정Champagne MOOC도 있다. 만약 외국어가 부담스럽다면 '와인 21'이나 '소믈리에 타임스'와 같은 국내 웹사이트도 추천한다. 그리고 각종 온라인 와인 커뮤니티에 내공이 출중한 분께서 정리해 두신 입이 쩍 벌어지는 글도 많다. 물론, 누구에게나 꼭 각 잡고 공부해야만 와인이 즐거워진다는 말을 하고 싶지는 않다. 나도 그냥 와인을 술의 한 종류로만 여기고 가벼이 대한 시간이 있었다. 그러던 어느 날 문득 더 깊이 있게 알아보고 싶다는 욕구가 불쑥 들어 그대로 행했을 뿐이다. 누가 시킨 것도 아니고.

내가 느낀 와인이 다른 술과 가장 큰 차이점은 알면 알수록, 공부하면 할수록, 마셔 본 와인이 많으면 많을수록 겸손해진다는 점이다. 그래서 요즘은 오히려 누군가가 마셨다는 와인에 대한 평이나 후기를 보면 전보다 첨언할 수 있는 지식과 경험은 늘었으나 오히려 말을 아끼게 된다. 혹여나 주제넘은 말이 될까 봐 걱정이 앞선 탓이다. 술을 가까이했을 뿐인데 어째 인성 수련이 되는 기분이다.

과연 이 길의 끝에 만나게 될 와인은 무엇일지, 나는 어떤 와인에서 멈춰 서게 될지 벌써 궁금하다. 하지만 설령 이 공부에 끝이 없다 해도 당장은 멈출 생각이 없는 난 여전히 '와린이와인+어린이'다.

You cannot master Bourgogne without a map at hand; in fact, some say one cannot master Bourgogne at all. Students of Bourgogne are students for life.

116 French Wine Scholar™

"부르고뉴를 공부하는 학생은 평생 학생이다."

— 〈French Wine Scholar〉 중에서

이 책을 읽는 사람 중 부르고뉴 와인의 팬이 있다면 반갑습니다.
우린 졸업을 못 할 학교에 함께 입학했네요.

'F'를 위한 와인 영화

나는 콘텐츠가 주는 감동에 잘 빠져드는 편이다. 드라마 〈도깨비〉는 지금 봐도 김고은의 오열과 함께 나도 눈물이 주룩주룩 흐르고, 만화 '원피스'의 에이스가 죽는 장면에서는 매번 분노가, 영화 〈어벤져스: 엔드게임〉의 절반이 다시 살아서 돌아오는 장면에선 여전히 주먹을 불끈 쥔 채 가슴이 웅장해짐을 느낀다. 감독이나 작가 입장에서는 참 휘두르기 쉬운 관객일 거다. (그래, 나 F다) 그런 나에게 인생 영화를 꼽으라면 두 가지가 있는데, 하나는 '비포 트릴로지'〈비포 선샤인〉, 〈비포 선셋〉, 〈비포 미드나잇〉을 묶어 부르는 명칭와 〈사이드웨이Sideways〉다. 비포 시리즈는 와인과 크게 관련이 없어서 오늘은 패스하기로 한다. 아, 한 가지 정도 지금 기억나는 장면은 남자 주인공에단 호크, 제시-역이 어느 바텐더에게 사정을 읍소하면서 와인 한 병을 외상으로 얻어 내고, 그러는 동안 여자 주인공줄리 델피, 셀린느-역이 몰래 와인 잔을 훔치는 장면이 있다. 이토록 와인이 첫눈에 반한 남녀와의 관계에서 얼마나 중요한지 알 수 있…네? (이 정도면 관련성이 꽤 높…?)

다른 인생 영화는 〈사이드웨이〉라는 영화로 내가 너무나 좋아해서 원작 소설1,2,3편부터 블루레이까지 모두 사서 수없이 반복해서 본 작품이다. 영화는 아예 한글 자막까지 새로 작성했을 정도로 좋아한다. 현재 국내 OTT에서 사용되고 있는 한글 자막은 많은 부분이 생략되거나 오역이 있다. 특히 와인과 관련된 대사가 거의 무시되다시피 해서 와인을 좋아하는 사람으로서 참을 수가 없었다. 물론 와인과 관련된 대사를 그대로 살려낸 버전은 아무래도 일반 관객에게는 지루할 수도 있다. 아무튼 내가 작업한 〈사이드웨이〉 자막은 비마프 블로그에서 다운로드가 가능하다.

비마프 와인셀러에서 가끔 진행하는 와인 클래스가 있는데 그중 하나는 와인 영화에 관한 내용이다. 포도 품종의 사진을 나열하거나, 와인 잔 종류 같은 지리멸렬한 와인 지식을 전달하기보다는 흥미 유발을 먼저 하면서 접근하는 것이 좋겠다는 생각이었다. 재밌게 봤던 영화마다 와인 이론과 접목하면 좋을 장면과 포인트들이 있어서 그 부분을 활용했다. 이러한 콘셉트 아래 자료를 만들 때 가장 먼저 떠오른 영화는 단연 〈사이드웨이〉다. 결혼을 앞둔 한 남자토머스 헤이든 처치, 잭-역와 그의 절친이자 와인광폴 지아마티, 마일즈-역, 이렇게 두 명이 마지막 총각 파티 겸 로드 트립을 떠나는 버디 무비다. 일반적인 할리우드 관점으로 본다면 B급 영화에 가까운 편임에도 불구하고 미국 캘리포니아의 와인 산업에 엄청난 영향을 미쳤을 정도로 와인 애호가 사이에서 대성공을 거뒀다.

영화 내내 와이너리를 방문하고, 와인을 마시고, 와인을 좋아하는 여자들과 합석해 친해진다는 지극히 평범한 여행기다. 하지만 마일즈와 여자 주인공버지니아 매드슨, 마야이 술자리에서 나누는 와인을 향한 대화는 사뭇 진지해서 보는 이로 하여금 와인을 마시지 않고는 견딜 수 없을 정도로 몰입감이 있었다. (다시 말하지만 나는 F다) 특히 작중에 마일즈는 '피노 누아Pinot noir'라는 포도 품종으로 만든 와인에 미쳐 사는 사람으로 나오고, '메를로Merlot'라는 품종은 줘도 안 먹다 못해 권하는 사람과 철천지원수가 될 것 같이 그려진다. 그래서 여기서 나오는 유명한 대사 한마디가 이렇다.

"아니! 누구든 메를로를 시키면 난 갈 거야. 삐––– 삐––– 메를로는 절대 안 마셔!" "No, if anyone orders Merlot, I'm leaving. I am NOT drinking any fucking Merlot!"

그리고 여기에 모두 옮겨 적기는 힘들지만, 왜 그렇게 피노를 광적으로 좋아하냐는 마야의 질문에 마일즈의 대답은 많은 이들로 하여금 피노 누아 와인을 찾게 만들었다. 나 또한 그중에 한 명이었고. 그 덕에 영화의 실제 배경이 되는 캘리포니아의 솔뱅Solvang 마을까지 가서 마일즈처럼 와인을 퍼마시고 다녔다. 이 영화에 어찌나 감명받았던지 솔뱅의 와이너리에서 만나는 사람마다 붙잡고 〈사이드웨이〉를 봤냐고, 나 그 영화 너무 좋았다고 너도 좋아하냐고 꼭 물어봤다. 이 질문을 받은 사람 열에 아홉은 모두 YES라고 답해 줬다. '그래, 여기 이러고 있는 사람들이 안 봤을 리가 없지.' 하며 나는 매우 흡족해했었다. 마치 타지에서 동족을 만난 것처럼.

오죽하면 소노마 주립대 경제학과에서 〈사이드웨이〉 영화가 메를로의 판매 부진과 피노 누아의 판매 증대에 영향을 미쳤는지를 보이는 리서치 페이퍼The Sideways Effect: A Test for Changes in the Demand for Merlot and Pinot Noir Wines까지 발표했을까. 미디어의 힘이 이렇게 무섭다. 실제로 메를로가 피노 누아보다 절대적으로 더 질이 나쁘다거나 맛이 없는 품종이라는 근거는 어디에도 없다. 영화가 나온 지 20주년이 되는 지금 2024년에 감독인 알렉산더 페인Alexander Payne의 인터뷰를 읽어 보면 당시 메를로가 그런 취급을 받은 것은 그때 과다 생산되었고, 오버 마케팅에 품질도 그저 그런 메를로 와인이 많았기 때문이었다고 했다. 그걸 그저 농담으로 영화 속에서 꼬집은 것뿐인데 이렇게까지 크게 작용할 줄은 몰랐다고. 게다가 영화 속 모순이긴 한데 마일즈가 애지중지하며 옷장에 보관 중인 샤또 슈발 블랑Château Cheval Blanc 와인은 그렇게 혐오하던 '메를로' 품종이 50% 이상의 비율로 블렌딩되어 있는 보르도Bordeaux 와인이다. 이 점이 좀 고증(?)의 측면에서는 아쉽긴 하지만 훌륭한 와인은 보르도든 부르고뉴Bourgogne든 극으로 가면 갈수록 비슷해진다는 말도 있고 영화니까 적당히 넘어가도록 하자. 추가로 영화가 재밌는 또 다른 이유는 와인을 떠나서 찌질한 두 남자의 헛짓거리가 공감대를 많이 형성했기 때문이다. 만취해서 전 여자친구에게 전화를 건다든지, 썸녀에게 갑작스럽게 분위기 파악 못 하고 키스를 시도했다 분위기를 망친다든지, 인생이 던지는 시련에 허우적대며 와인을 병째 원샷 때리는 일들은 누구에게나 충분히 일어날 법한 일들이라 더욱 그랬다. (아니라고? 너 T야?)

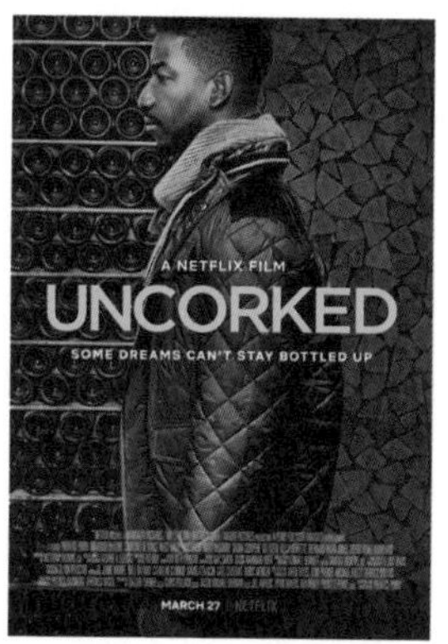

이제 다음 영화 이야기도 해 보자. 비교적 최근 넷플릭스에서 개봉한 〈와인을 딸 시간Uncorked〉이다. 음식점 가업을 이어받기를 강요받는 한 아들이 소믈리에를 향한 자신의 진짜 꿈과 아버지의 기대 사이에서 갈등하는 내용이다. 이 영화가 흥미로운 점은 와인을 업으로써 전문적으로 공부하는 사람의 모습을 엿볼 수 있기 때문이다. 만약 '와인을 한번 공부해 볼까?' 하는 마음을 가져 본 사람이라면 흥미롭게 관람할 수 있지만, 그리고서 바로 그 마음을 접을 수도 있다. 어떤 분야를 공부한다는 것은 뭐가 되었든 상당한 노력과 비용, 그리고 시간이 필요하며 이 말인즉슨 그 외의 것들에는 희생이 필연적으로 따른다는 것을 말한다. 이 영화는 소믈리에가 되기 위해 겪는 주인공의 삶을 통해 그런 부분을 잘 보여 주고 있다. 물론, 작중 주인공마마두 아티, 엘리자-역이 도전하는 소믈리에 시험 레벨은 매우 높은 수준이다. 와인의 라벨을 감춘 채 시음하는 것을 블라인드 테이스팅이라고 하는데, 여기서 시음 와인의 국가, 세부 지역, 생산자와 수확한 해까지 추측해 내야 하는 것을 보면 이게 가능한 일인가 싶은 정도다. 영화 속에서도 라이벌 격인 학원 동료와 의도치 않게 수업 중 블라인드 테이스팅 대결을 펼쳤다가 망신을 당하는 장면이 있는데, 왠지 모르겠지만 그걸 보는 내내 내가 다 긴장이 되었다.

실제 대회에서는 내로라하는 소믈리에도 많이들 틀리지만 어떻게 그 답에 도달했는지, 추론 과정이 합리적인지에도 점수가 부여된다고 알고 있다. 최고의 자격 중 '마스터 오브 와인Master of Wine' 급은 전 세계적으로 따져도 고작 400여 명일 뿐이며, 미국계를 제외한 순수 한국인은 아직 한 명도 없을 정도로 극악의 난이도를 자랑한다. 하지만 최근에 젊고 유능한 한국인 소믈리에 몇 분이 도전 중이라 아마도 곧! 최초로 나올 것으로 기대 중이다.

블라인드 테이스팅은 일반적인 와인 모임에서 재미 요소로 많이 활용되기도 한다. “오늘 와인 한 병 제가 도네도네이션의 준말, 돈을 받지 않고 모임에 기부하겠다는 의미 할게요! 대신에 블라인드로 할테니 다 같이 맞춰 보시죠!” 이런 식으로 모임에 도전 정신과 호기심을 자극하는 호스트나 참석자도 많다. 특별한 준비는 필요 없고, 그저 와인 라벨을 잘 가려만 주면 된다. 이때 와인을 가릴 수 있는 린넨 파우치나 스판 제품이 시중에 나와 있지만 없으면 그냥 쿠킹호일로 덕지덕지 가려도 좋다. 감사한 마음으로 블라인드로 제공된 와인에 집중해서 자신만의 논리와 결과를 공유해보면 된다. 잘 몰라도 그냥 질러 보자. 틀렸다고 뭐라 할 사람도 없고, 맞췄다고 엄청난 상이 있는 것도 아니다. 다른 사람은 왜 그렇게 생각했는지 비교하는 재미와 혹시라도 누군가 근접한 답변을 냈으면 그거대로 신기해하며 다시금 대화에 불을 붙이는 기름 역할을 해 주는 것으로 족하다. 다 함께 잠깐이지만 소믈리에가 되어 보는 시간을 가져 보자.

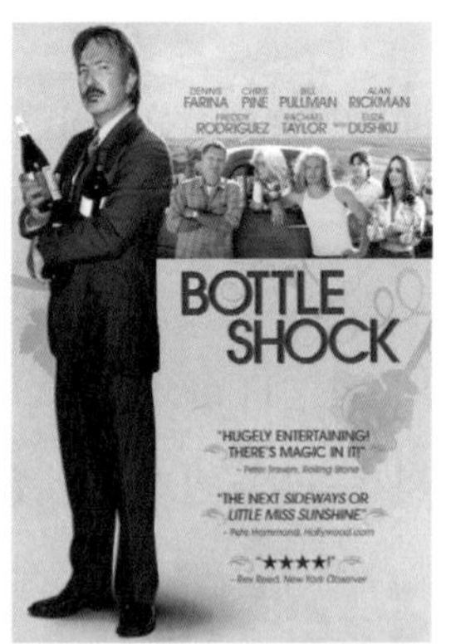

다음 영화는 〈와인 미라클Bottle Shock〉이다. 이 영화 또한 와인 애호가 사이에서는 빠지지 않고 언급된다. 무엇보다 실화를 바탕으로 만든 영화이니 더욱 귀가 솔깃하지 아니할 수 없다. 내용도 일종의 옆집 싸움 구경과 비슷해서 인간이라면 관심을 안 가지기도 힘든 주제다. 바로 프랑스와 미국의 자존심 대결. 그것도 계급장 떼고, 모든 정보를 가리고 잔에 따라진 순수 와인만으로 점수를 매기는 블라인드 테이스팅 심사!

줄거리를 요약해 보자면 원래 와인 종주국으로 콧대가 하늘을 찌르던 프랑스는 다른 국가의 와인을 우습게 보는 편이었다. 이탈리아처럼 와인을 오랫동안 만들어 오던 유럽도 아닌 저 바다 건너 역사도 없는 미국이라니. 그런 미국이 와인을 제대로 만들 줄 알기나 하는가 싶을 정도로 상종하지 않았었다. 그런 가운데 어떤 계기로 성사된 미국과 프랑스의 블라인드 와인 테이스팅 대결에서 막상 뚜껑을 열자 프랑스가 참패해 버렸다는 내용이자 역사적 실화이다. 그것도 레드 와인과 화이트 와인 모두 1등을 미국 생산자에게 내주었다. 참고로 화이트 부문은 미국 샤또 몬텔레나 와이너리Chateau Montelena Winery, 레드 부문은 미국 스택스 립 와인 셀러Stag's leap wine cellars가 각기 1등을 차지했다. 주의. Stags' leap 과 Stag's leap은 다른 와이너리다

피카소가 그린 그림이 와인 라벨에 쓰이고, 우리나라에서는 이우환 화백의 그림이 라벨을 장식했던 명품 5대 샤또 중 하나 '샤또 무통 로칠드Château Mouton Rothschild'가 2위에 머물렀으니, 프랑스인의 충격은 이루 말할 수 없었다. 파리의 심판 때문에 샤또 무통 로칠드의 소유주 바롱 필립 로칠드는 극대노를 했다고 한다. 당시 1등급에 오르기 위해 부단히 노력하던 시기라 그럴 만도 하지…. 이것은 다시 말하지만, 실화이며 프랑스 와인의 권위는 의문으로, 미국 와인은 그야말로 파

죽지세로 인기가 치솟기 시작한 사건이다. 훗날 이 대망신의 날을 일컬어 '파리의 심판Judgement of Paris'이라고 했다.

그 당시 채점관으로 참여한 사람은 대부분 와인 업계에서 한 콧방귀 뀌는 저명한 프랑스인들로, 와인 아카데미 원장, 미슐랭 소믈리에, 와인 협회장, 와인 잡지 편집장, 로마네 꽁띠 공동소유주 등이었다. 그런데도 최고의 와인을 미국 와인으로 꼽아 버렸으니 난리가 났고, 심지어 채점표를 돌려달라고 되지도 않는 요청을 한 심사위원도 있었다고 한다. 하지만 여기서 바로 물러나면 자존심 강한 프랑스가 아니지 않겠는가. 10년 뒤 재대결을 펼치는데, 그 명분을 대략 풀어쓰면 다음과 같다.

"우리 프랑스 와인은 병입 후 바로 마실 때보다 어느 정도 숙성이 되어 시음 적기가 되었을 때가 가장 이상적이다. 그러니 10년 전 그 대결은 옳지 않으며 미국에 유리했다."

아… 엄청나게 질척거리는 것 같지만 아무튼 동일 와인으로 다시 붙어 보았고 또 패배했다. 그것도 더 격차가 벌어지게 말이지. (미국: 야, 우냐?) 이러한 일련의 사건을 통해 와인은 종주국이 아니더라도 자본, 기술, 자연 그리고 사람의 노력을 갖췄다면 다른 나라에서도 충분히 좋은 와인을 만들 수 있다는 것이 어느 정도 증명되었다. 이런 흥미로운 내용의 영화라니 어찌 흥하지 않겠는가?

마지막으로 추천할 만한 영화는 〈부르고뉴, 와인에서 찾은 인생Back to Burgundy〉이다. 이 영화의 핵심 배경은 와인 양조다. 포도 농사로 시작해서 와인을 어떻게 만드는지, 그 과정 안에서 사람이 얼마나 중요한 역할을 하는지를 볼 수 있다. 예를 들면, 포도를 오늘 수확할지 다음 주에 수확할지, 포도즙을 짤 때 줄기를 함께 넣을 것인지 등 와인을 단순히 즐기는 소비자로서는 전혀 생각지도 못한 부분을 놓고 티격태격 싸운다. 조금 부연 설명을 해 보자면 포도는 수확할 타이밍이 아주 중요한데 시간을 더 늦추면 그만큼 숙성이 더 되어 당도는 올라가고 산도는 떨어진다. 너무 이르면 효모가 알코올로 전환할 당분이 충분치 않아 발효에 영향을 미친다. 그리고 혹시나 너무 뒤로 미뤘다가 비라도 왕창 오게 된다면 수확량 및 포도 퀄리티가 나빠질 수 있다. 포도 줄기 같은 경우는 생산자의 스타일인데 완전히 줄기를 제거하는 때도 있고, 일부 섞거나 송이째 그대로 활용하는 경우도 있다. 줄기가 있는 송이째로 압착을 하면 포도알 사이사이에 완충 역할과 틈새 길을 만들어 줘서 맑은 즙을 짜내는 데 도움을 줄 수 있다. 하지만 자칫 잘못하다가는 줄기의 익은 정도에 따라 풀 냄새나 쓴맛이 밸 수 있어서 세심한 조율이 필요하다. 와인 양조에서 가장 중요한 것을 말할 때 '천지인天地人'의 조화를 자주 언급하는데 그중에서 사람人에 관한 내용이 잘 드러나는 영화라 할 수 있다.

여기에 한 가지 더 재밌는 영화 속 와인 세계특히 프랑스의 이야기는 바로 상속 문제다. 와인 양조가 배경이 되는 내용 이면에는 진짜 주제가 존재한다. 바로 아버지가 돌아가시면서 상속해 준 와이너리로부터 벌어지는 세 형제간의 갈등을 비롯한 각자의 인생에 대한 것이다. 몇 대에 걸쳐 계속 포도 농사를 짓고 와인을 만들어 오는 집안은 대부분 대를 이어 자식들이 와이너리를 물려받고 운영해 나간다. 언뜻 보면 '그냥 평범하게 가업을 이어서 잘하는 거 아냐?'라고 생각할 수 있지만 장자가 모든 토지를 물려받는다고 생각해 보시라. 동생의 불만이 없겠는가. 과거에 프랑스는 관습적으로 모두 한 명에게 몰아줬다. 현대판 재벌도 형제간의 재산 싸움으로 눈살이 찌푸려지는 기사가 종종 나는 마당에 옛날같이 고리타분한 세상은 얼마나 더 문제가 심했을까. 이래서 재산이 많아도 문제 적어도 문제다. 이런 상속 제도를 밥상 뒤엎듯 와장창 날려 버린 사람이 있었으니 바로 나폴레옹이다.

"오늘부터 장자상속은 금지다. 이제부터 모든 자녀에게 1/N 상속을 하라!"

이것이 나폴레옹의 아들딸 구별 말고 모두 똑같이 상속하라는 '균등 상속법The Napoleonic Code'이다. 그래서 프랑스 포도밭의 소유권은 오래된 곳일수록 복잡하고, 누가 누구와 결혼했는지와 어떤 밭을 물려받았는지 등을 따진다. 인터넷에서 유명한 가문의 와이너리를 검색해 보면 이런 복잡한 가계도 그림이 심심찮게 보인다. 프랑스 부르고뉴 와인이 상대적으로 접근하기 더 어려운 이유 중 하나이기도 하다. 반면 보르도는 지분 형식으로 좀 더 똑똑하게 땅과 샤또Châteaux; 성를 온전히 보존했다. 나는 속으로 '아니, 내가 와인 마시자고 너희 집안 가계도에 누가 무슨 밭을 상속받았는지까지 알아야 하냐?'라고 소리 질렀지만, 돌아오는 메아리는 '응… 외워….'일 뿐.

총 네 가지의 와인 영화를 언급했는데, 이 외에도 와인 영화는 더 많다. 다만 위 영화들이 와인이 핵심 배경 또는 주제임과 동시에 각기 다른 면을 보여 주고 있어서 어느 정도 와인에 발을 들인 사람이라면 꼭 봐주길 바라는 마음에 이야기해 보았다. 관람하는 내내 와인이 당기게 하는 건 말할 것도 없으니 그냥 미리 준비해 두자. 영화를 본 뒤 등장했던 와인을 어느새 검색하고 있는 자신을 발견한다면 그것 또한 매우 정상이니 걱정하지 말도록 하자.

친구와 함께 이렇게 와인과 잔을 들고 동네 고깃집에 가다 보니 왠지 한국이 아닌 것만 같았다. 최근 '콜키지Cork Charge;코르크 차지의 줄임말'라고 하여 일정 비용을 내면 개인적으로 가져간 와인을 마실 수 있도록 서비스를 제공하는 식당이 늘고 있다. 그 업장이 보유한 와인을 가져가는 것은 실례이니 미리 전화해서 문의해 보자.

소주엔 삼겹살, 그럼 와인엔?

삼겹살에 소주

치킨에 맥주

장어에 복분자

파전에 막걸리

…

일단 위 조합을 보다가 침샘이 촉촉해짐을 퍼뜩 깨달았다면 그대는 진성 한국인이다. 만약 외국인이라도 명예 한국인으로서 자긍심을 가져도 될 것이다. 왜 이런 완벽한 조합이 이 세상에 존재하게 되었는지는 잘 모른다. 모르지만 선조의

혜안에 이 후손은 그저 감복할 따름이다. 이것은 후천적 학습에 따른 것인가 아니면 한국인의 DNA에 박혀 있는 것인가 헷갈릴 정도로 술을 좋아하는 사람에게는 쉽게 떠오르는 궁합이다. '치이이~.' 하는 소리와 함께 불판 위의 삼겹살의 마이야르 반응을 그저 보기만 하며 기다리는 일은 여간 고역이 아니다. 혹여나 탈까 봐 놀리는 집게질과 마치 AI가 심어진 CCTV 같은 내 눈동자는 점점 빨라진다. '아까 저건 뒤집었고, 이건 그거보단 늦게 올렸으니 좀 이따 뒤집고….' 그러면서도 다른 한 손으로는 상대가 원하기만 한다며 바로 출격할 수 있도록 소주잔 근처에 왼손을 상시 배치한다. 이것이 바로 상대를 절대 혼자 마시게 두지 않는 K-매너니까. 지금 테이블 위에 있는 모든 술잔의 높이가 섭섭지 않은 최소 35% 이상인지를 확인하고, 불판 전체를 아울러 보는 필드 장악 능력은 이 테이블의 모든 사람을 배부르게 먹이고야 말겠다는 토종 한국인의 밥심 정신을 드러내는 부분이다. 지금, 이 글을 쓰면서도 오늘 저녁엔 누굴 불러내서 저 메뉴를 함께 부숴 볼지 하며 팽팽 머리를 회전시키고 있다. (아… 근데 나 와인 글 쓰고 있지, 참…. 쓰읍)

그런데 어느 날 와인을 마시면서 드는 생각은 '서양 애들도 우리같이 저런 레전드 궁합이 있지 않을까?'였다. 아니나 다를까 와인은 치즈와 그런 전통적인 조합이 있음을 발견하고는 무릎을 '탁' 쳤다. '우리네 궁합만큼 너희도 대단하냐? 마! 니 자신 있나!?'라는 호기심 겸 도발을 감추지 못한 채 나는 조사에 돌입했다. 물론 책상머리에서 보고서나 만드는 게 아닌, 실제로 경험해 봐야 했음은 당연한 거고.

일단 와인과 치즈 페어링에 있어서 큰 가이드라인은 아래와 같다.

1) 같은 지역 와인과 같은 지역 치즈

2) 강도가 비슷한 것들끼리무거운 와인과 숙성 치즈, 가벼운 와인과 프레쉬 치즈

3) 단맛의 와인은 향이 강한 치즈와

4) 스파클링 와인 · 산미 높은 와인은 부드럽고 크리미한 치즈와

5) 잘 모를 땐 단단하고 고소한 경성치즈하드치즈**를 고르면 무난**

위 내용을 한 줄 요약하자면 비슷한 애들끼리 먹으라는 소리다. 고향이 똑같은 애들이랑 묶든 스타일이 비슷한 애들끼

리 묶든 말이다. 아주 옛날 유행했던 '신토불이자기가 사는 땅에서 산출한 농산물이라야 체질에 잘 맞음을 이르는 말'와 큰 차이가 없는 것 같다. "그래, 너희라고 뭐 별거 있겠냐?"라고 중얼거리면서 조금 더 구체적인 예시들을 찾아보기도 하고 와인 모임에서 여러 사람과 함께 시식도 해 봤다. 그러면서 고개를 갸우뚱한 적도 있었지만, 때로는 모두가 아우성을 치며 "아니, 이런 대박 조합이라니!" 하며 감탄한 적도 있었다. 정말로 좋은 궁합은 동서양을 막론하고 맛있다고 느끼는가 보다. 서양 애들도 술 마신 다음 날 아침에 한국 해장국 먹이면 "크어어어… 펵 예아~." 이러고 먹는다며….

그중에서 몇 가지 인상 깊었던 조합을 이야기해 보자면 우선 탄산이 있는 스파클링 와인과 브리 치즈다. '스파클링'이라는 건 콜라처럼 탄산이 있다는 의미고 나라마다 부르는 이름은 조금씩 다르다. 샴페인프랑스 샹파뉴 지역, 끄레망프랑스 샹파뉴 외 지역, 까바스페인, 젝트독일, 프로세코 · 스푸만테이탈리아 등이 있다. 사실 이게 중요한 게 아니고, 요 탄산이 뽀글뽀글하니 입속에서 마치 각질 제거해 주는 닥터피쉬처럼 뽀득뽀득 긁어 주는 느낌이 있다는 점이다. 그리고 잘 만든 스파클링 와인들은 보통 산미가 높아서 혀 곳곳을 자극하는 새콤함이 있다. 한 예로 샴페인은 마케팅을 통해 고급 이미지를 갖도록 노력한 탓도 있지만, 탄산감과 산미 이런 것들이 경쾌하고 밝은 식감을 주기 때문에 파티와 축하주에 잘 어울렸던 것이다. 그런데 너무 깨발랄하게 통통 튀는 것이 간지럽다고, 좀 시큼해서 별로라고 하는 사람도 종종 있다. 실제로 가끔 탄산이 너무 강한 와인들도 분명히 있고 말이지.

바로 이런 탄산감이나 높은 산미에 브리나 까망베르라 불리는 푸근한 소프트 치즈연성치즈를 함께 곁들여 먹어 보니 이건 또 색다르더라는 것이다. 자칫 천방지축 애처럼 입안에서 날뛰는 날카로움을 은은하게 달래 주는 솜씨 좋은 보모가 떠오를 정도였으니. 왜 브리 · 까망베르가 샴페인과 같은 스파클링 와인과 잘 어울릴까를 생각하기 전에 이 치즈의 특성을 살짝 고민해 보자. 일단 치즈 이름이 두 가지가 나오니까 간단히만 짚고 넘어가면 브리 · 까망베르는 똑같은 프랑스 치즈인데 만드는 지역, 방식과 지방량이 아주 조금 차이가 난다. 그래서 한국으로 수입된 일반적인 이 두 치즈는 맛이 크게 차이가 나는 경우는 드무니까 아무거나 골라도 되는 편이다. 그러니 이제 편의상 그냥 '브리'라고 합시다. 이 브리 치즈는 누구에게 들이대도 막 코를 막고 '어휴, 뭐 이런 걸 먹어.'라며 거절하는 경우는 거의 없을 정도로 평범한 친구라서 남녀노소 잘 먹는 치즈에 속한다. 식감도 겉을 싸고 있는 하얀 외피 부분만 살짝 탄탄한 정도고 그마저도 손으로 힘주어 누르면 쑤욱 들어갈 정도로 부드러운 편이다. 풍미는 또 어떠한지. 우유로 만들었으니 고소하면서도 숙성 과정에서 비롯되는 버터, 버섯, 견과류와 같은 구수한 풍미가 주류라 그렇게 향이 강렬한 치즈는 아닌 셈이다. 그래서 스파클링 와인의 자칫 거슬릴지 모르는 탄산감과 날카로운 산미를 뭉근하게 감싸안아 주면서, 샴페인 방식으로 만든 와인에서 만날 있는 숙성 풍미빵, 견과, 과일 등와는 결까지 잘 맞기에 궁합이 좋다고 하는 것 같았다. 실제로 먹어 봤을 때도 서로의 장점을 해치지 않으면서도 잘 어울린다는 것은 이런 조합이라는 걸 느낄 수 있어서 좋았다. 그래서 너무 다양한 치즈를 놓고 먹기보다는 나는 적당한 브리 치즈 하나만 있어도 스파클링 와인을 마실 땐 충분하다고 생각한다. 페어링 안주로 꼭 치즈 하나를 골라야 한다면 말이다.

기왕 스파클링 와인 이야기가 나온 김에 하나 더 추가하자면 예전에 종로에 위치한 와인 공간 S에서 사장님을 비롯하여 몇몇 지인과 함께 샴페인을 마셨을 때의 일이다. 그때 산뜻함보다 어느 정도 농익은 숙성미를 보여 주는 '블랑 드 누아Blanc De Noirs; 적포도로만 만든 샴페인'를 오픈했었다. 그런데 내 코로 흘러 들어오는 향을 맡는 순간 '아니, 이 향은!?' 하며 퍼뜩 떠오른 아이스크림이 있었는데, 바로 바밤바다. 그래서 사람들에게 이건 바밤바랑 꼭 마셔 보고 싶다고 말하고 냅다 근처 편의점으로 뛰어가 미친놈처럼 찾기 시작했다. 첫 번째로 간 편의점엔 없었다. "아니, 바밤바가 없는 게 말이 돼!?"라고 구시렁대며 두 번째 편의점을 가서 기어이 찾아내고 말았다. 급한 일도 없는데 헐레벌떡 계단을 한달음에 뛰어 올라와 아이스크림을 척척 나눠 줬다. 이윽고 바밤바의 밤 맛 시럽을 감싸고 있는 딱딱한 아이스크림 부분이 내 치아의 성급한 저작 활동으로 사정없이 부서졌고, 내부에서부터 터져 나오는 밤 향 가득 달콤한 시럽은 먼저 다녀간 샴페인의 탄산이 긁고 지나간 상흔 사이사이를 농염하게 채워 버렸다. 숙성된 샴페인의 눅진 달큰함과 바밤바의 밤 향이 사교댄스라도 추듯 서로가 이렇게 잘 어울릴 일인지 믿을 수 없을 정도였다. 나만 그렇게 느꼈다면 이 글을 쓰지도 않았을 텐데 다행히도 그 자리에 있던 모두가 같은 느낌을 받고 웅성대기 시작했다. "뭐야! 왜 맛있어? 왜 이렇게 잘 어울려?"라며. 몽블랑 케이크는 당장 구하기 어려울지 몰라도 편의점에 바밤바는 나름 구하기 쉬울 테니 언젠가 꼭 이렇게 먹어 보길 추천한다.

다음은 당도가 대놓고 높은 와인으로 리슬링Riesling, 아이스 와인Ice Wine, 소테른Sauterne, 또는 모스카토Moscato 같은 친구들이다. 일반적으로 서양에서는 이 와인들은 쿰쿰하고 코를 찌르는 향이 강한 블루치즈나 고르곤졸라 치즈와 페어링하기를 추천한다. 쉽게 예를 들어 보자면 우리가 고르곤졸라 피자를 시키면 종종 꿀을 함께 내주는데 와인도 마찬가지로 그것과 비슷한 의미라고 보면 된다. 페어링 자체의 성립을 인정하네 마네를 떠나 일단 블루치즈와 고르곤졸라 같은 치즈는 호불호가 갈리는 치즈다. 아예 싫어하는 사람도 있어서 쉽게 누군가에게 권하기는 어려운 편이다. (심지어 색도 푸른색이야!) 나 또한 이 치즈만을 단독적으로 꺼내서 먹기보다는 샌드위치, 피자, 샐러드 등에 활용해서 즐기는 편이다. 그리고 이렇게 당도가 높은 와인들은 대부분 알코올 도수가 낮아서 톡 쏘는 치즈의 강한 풍미를 거들지 않는다.

스위트 와인이 도수가 낮은 이유는 효모의 특성 때문이다. 효모는 포도즙에 있는 당분을 먹이 삼아 열, 이산화탄소 그리고 알코올을 뱉어낸다. 이게 술이 되어 가는 과정인데, 효모가 어떤 이유로든 식사하다 말면 포도즙 속에 다 소비되지 못하고 남겨진 잔여 당분 때문에 달콤한 와인이 완성되는 것이다. 반대로 효모가 당분을 끝까지 먹어 치우게 만들면 단맛이라고는 하나 없는 드라이한 와인이 만들어지며 알코올 도수는 그만큼 높아진다. 이렇게 낮은 도수의 달콤함은 날카롭고 메케한 치즈 향에 맞불을 놓지 않아 은근슬쩍 구렁이 담 넘어가듯 잘 어울리게 된다. 비슷한 논리로 한국의 매콤한 음식에도 잘 어울리는 와인을 꼽자면 위에서 나열된 리슬링 같은 당도가 있는 와인을 많이들 추천한다. 아무래도 달콤함과 낮은 도수 그리고 시원한 음용 온도가 칼칼한 한국 음식과 조화가 잘 맞는다고 여겨서 그런 것 같다. 나도 가끔 떡볶이 & 순대를 먹을 때면 리슬링을 선택하고는 하는데, 혀가 타들어 갈 정도의 너무 매운 떡볶이만 아니라면 쿨피스 대신으로 정말 딱 맞는다고 생각한다. 무엇보다 달달한 와인들 중에는 가격이 저렴한 생산자도 많아서 가격 부담도 덜하고 선택의 폭도 넓다.

달달한 와인 하면 또 빠질 수 없는 건 포트Port와인이다. 특히나 일반적 와인의 도수가 낮다고 생각하는 효율주의 애주가 입장에서는 포트와인이 제격이다. 보통 와인의 도수가 9~15도 사이라면, 포트와인은 20도 정도 되니 꽤 차이가 난다. 달콤하기까지 해서 보통 술 모임의 마지막을 장식하는 역할을 하는데 좋다고 꿀떡꿀떡 마시다가는 훅 갈 수가 있다. 이 와인을 단독으로 음미할 수도 있겠지만 바닐라 맛 아이스크림 위에 뿌려 먹는 것이 또 별미다. 숟가락으로 낑낑대며 꽝꽝 언 파인트 크기의 아이스크림을 이 각도 저 각도 돌려 가며 공략해 퍼낸 소중한 아이스크림. 손바닥은 얼얼하지만 아이스크림이 그새 녹을까 봐 서둘러 사람들에게 나눠 준다. 그리고 막 먹으려는 사람들을 다급히 제지하며 의기양양한 표정과 함께 갓 냉장고에서 꺼낸 포트와인을 테이블에 올린다. 주목 효과를 위해 일부러 '탕' 소리가 나게 조금 세게 내려놓아도 좋다. 그리고 마치 전문가인 것처럼 한 사람 한 사람에게 포트와인을 각자의 아이스크림 위에 가늘고 길게 쪼

르륵 따라 준다. 이때 바텐더가 술을 정량 덜어 내기 위해 쓰는 '지거'가 있으면 멋짐이 +1 추가된다. 그리고 이제 드셔 보시라 하고 우아한 손짓을 하면 완벽하다. 아이스크림의 달콤함과 포트와인의 달콤함이 만나 질리려는 찰나, 높은 알코올이 주는 쌉쌀하면서도 찌르는 듯한 감각은 단짠단짠만큼이나 매력적인 균형미를 이뤄낸다. 단순히 레드 와인, 화이트 와인만 마시고 끝내는 모임이 아쉽다고 느껴질 때 꼭 이렇게 마무리를 해 보자. 센스 있는 호스트 소리를 들을 것이다.

이 외에도 입속에서 깨방정을 떠는 광대 하나가 있을까 싶은 발랄 그 자체 소비뇽 블랑Sauvignon blanc 와인은 짜릿한 산미가 코를 찌르는 고트Goat; 염소 치즈와 산도에 있어서 궁합이 잘 맞고, 스페인의 뜨겁다 못해 타 버릴 것 같은 햇살을 받아 자란 템쁘라니요Tempranillo 와인은 라만차의 기사 돈키호테의 고향인 만체고 치즈와, 이탈리아의 대표 선수인 산지오베제Sangiovese 와인은 파스타 하면 절대 빠질 수 없는 파르미지아노 레지아노나 그라나 파다노 치즈와, 그리고 그윽하고 깊은 눈빛이 연상되는 자주색 까베르네 소비뇽Cabertnet sauvignon이나 묵직한 한 방의 마동석 배우가 떠오르는 쉬라즈Shiraz 와인에는 그에 절대 뒤지지 않을 만큼 강렬하고 진한 사연이 있을 것 같은 2~3년 이상의 숙성 고다 치즈를, 마지막으로 프랑스의 또 다른 대표 치즈인 꽁떼는 꽃향기가 풍성한 사바냥Savanin 와인과 마셔 보기를 추천한다.

이렇게 서양권에서도 기본적으로 제안하는 아이디어가 있으니, 도전 정신을 가진 자 한번 먹어 보는 것도 좋겠다. 나는 꽤 이것저것 함께 먹어 봤지만, 모든 페어링에 다 손뼉을 치며 고개를 주억거리지는 않았다. 맛을 결정하는 것은 개인이 자라오며 수십 년에 걸쳐 만들어진 취향이라는 것을 상대적 기준점으로 사용해야 하니까 그들의 정답이 내게는 오답일 수 있다. 그렇지만 인류 최대의 고민인 '오늘 뭐 먹지?'에 대한 신선한 한 줄기 빛이 되어 줄지도 모르는 답변들이기에 알아 둬서 나쁠 것 없다고 생각한다. 뭐, 안 당기면 그렇게 안 먹으면 그만이니까. 우리에겐 우리만의 음식이 있잖아? 백순대볶음에 리슬링 가자고~.

단순히 '치즈 + 와인'에서 끝나지 않고,
치즈가 중심이 되는 간단한 음식을 떠올린다면
더욱 풍성하게 와인 페어링을 즐길 수 있다.
예를 들어, 각종 채소와 올리브 오일로 한껏 치장한 '부라타 치즈 샐러드'나
무화과잼과 견과류를 올려 같은 결의 풍미를 끌어올린 '브리 치즈'같이
업그레이드를 해 보는 거다. 샴페인이 몇 배는 더 맛있어질 수 있다.

3
장

남김으로써 채워지는 나

와인 추천 좀 해 주세요

와인 좀 마시고 다닌다고 여기저기 티를 내고 다니다 보면 종종 와인을 추천해 달라는 요청을 카톡으로, DM으로, 전화로, 오프라인에서 시도 때도 없이 받곤 한다. 와인을 잘 모르는 친구들이 주로 물어보는 방식은 "와인 추천 좀 해 줘."라고 다짜고짜 묻는 것. 그런데 맥락도 없이 본인의 취향이나 상황에 대한 단서 없이 이렇게 물어보면 나는 순간 말문이 막히게 된다. 불쑥 와인 하나를 머릿속에서 찾아 내밀 수도 있지만 그것이 그가 원하는 정답에 근접할지는 모른다. 그래도 어떻게든 도움이 되고 싶은 마음에 스무고개를 시도하지만 본인이 무엇을 원하는지 알지 못하는 사람과의 질문과 답변 시간은 역시 쉽지 않다. 인터넷 밈으로 많이 돌아다니는 "what do **YOU** want!?"라고 반복해서 소리 지르는 기획자 · 디자이너와 "I don't know."라고 항변하는 클라이언트의 모습 같다. 그런데 나 또한 어딘가에서는 저 친구와 똑같은 행동을 하고 있다는 것을 깨달았다. 미용실의 담당 헤어 선생님이 "오늘은 어떤 스타일로 해 드릴까요?"라고 늘 물어보시지만 내 대답은 한결같다. "알아서 해 주세요. 헤헤." 이 말은 결국 그냥 모른다는 소리다. 내가 뭘 원하는지 생각해 본 적이 없으니 남에게 고민을 전가하는 것이다. 어느 정도는 그것이 전문가에게 바랄 수 있는 부분인 것도 맞지만, 원하는 것이 불명확하니 그만큼 나오는 결과에 대해 별로 불만도 만족도 없이 늘 애매하다. 애당초 본인만의 가늠할 기준도 기대했던 이상향도 없기 때문이다. 이럴 때 만족스러운 추천을 건넨다는 일은 참 어렵다.

"술와인은 음식이다."

이것은 아버지가 내게 해 주신 말씀 중에 하나로, 와인은 술이기도 하지만 그 전에 음식이기에 마시고 즐길 줄 알아야지 무식하게 퍼마셔서 몸을 버리는 행위를 하지 말라는 의미였다. (여기서 우리 모두 잠시 반성의 시간…) 그래서 와인도 많이 접해 보면 볼수록 알게 되고, 안 마셔 보면 당연히 모르는 그런 음료이자 음식일 뿐이다. 와인을 음식으로 치환해서 본다면 낯섦이 좀 가셔지고 더 친근해지는 느낌이다. 하지만 우리는 보통 잘 모르는 음식에는 우선 경계하지 않던가. 나는 일단 먹고 보는 편이지만 누군가는 여러 가지 이유로 경험해 보는 것을 포기한다. 동물의 원래 모습이 상상되면 안 된다거나, 눈이 보이면 안 된다거나, 냄새가 이상하면 안 된다거나…. 와인도 똑같다. 어떤 와인은 병원 폐기물 쓰레기통인지 산속 뒷간인지 둘 중에 고민하게 할 정도로 고약할 때가 있고, 맛이 고속도로에 나뒹구는 찢어진 타이어가 연상될 만큼 쓸 수도 있다. 즉, 내가 만나는 모든 와인이 다 맛있을 수는 없다. 예를 들어 한번은 남아공의 피노타지Pinotage라는 품종으로 만든 와인을 마셔 보았는데 꽤나 독…특…했다. 피노타지는 피노 누아Pinot noir와 생소Cinsaut라는 두 품종을 교배하여 인위적으로 만들어 낸 개량 품종이다. 이 와인과 연관되는 대표적인 키워드는 커피, 정향, 다크초콜릿, 흙 등인데 전반적으로 약간 탄 커피콩(이라고 쓰고 타이

어라고 읽는)의 풍미가 느껴진다. 이 와인을 마셔 보고 이렇게 맛.있.는. 와인은 남과도 꼬옥 나눠 봐야겠다 싶어서 시음회를 열어 보려 했으나 이 와인이 있는 리스트를 본 사람들은 눈치 빠르게도 내 연락을 하나둘씩 피했다. 물귀신 실패. 쓰읍….

나는 장담하건대 세상 와인을 다 마셔 볼 수 없을 것이다. 그래서 누군가의 경험에서 우러나온 추천을 바란다. 우리는 모두 맛없는 것은 먹고 싶지 않으니까. 와인의 추천은 매우 주관적이면서도 동시에 객관적인 것에 의존한다. 제임스 서클링James Suckling, 잰시스 로빈슨Jancis Robinson, 로버트 파커Robert Parker와 같이 국제적으로 유명한 최고의 와인 평론가와 전문가 집단은 계속해서 와인에 대한 시음 평가 결과를 쏟아 낸다. 한 생산자의 같은 와인도 매년 새로운 빈티지가 나올 때마다 점수를 매긴다. "로버트 파커가 무려 97점RP97을 줬대. 엄청나다!" 이것은 우리가 믿을 만한 전문가의 평가를 객관화한 지표다. 사람들은 순위 매기는 것과 그것을 구경하는 것을 또 좋아하지 않던가. 그렇지만 전문가의 말이 내게 절대적인 맛을 보장하지는 않는다. "에이, RP97이라길래 마셔 봤는데 난 별로더라." 또는 "난 로버트 파커랑은 안 맞는 듯. 제임스 써클링이 좋아."라고 말해도 되고 당연히 그럴 수 있다. 다만, 전문가의 점수는 적어도 어느 지역 안에서 일련의 기준에 의해 산출되는 점수로써 와인을 고를 때 그 수준을 참고하기에 좋다. 그런데 보통은 로버트 파커가 누군지, 어디서 무슨 상을 탔다는데 뭔 상인지도 모르는 경우가 태반이다. 그럴 때 우리는 주변의 술고래 친구를 찾는다.

누구나 추천봇 같은 친구 하나쯤은 있지 않은가? 쿡 찌르면 맛집이 줄줄 새어 나오는 친구. 쿡 찌르면 어깨가 절로 들썩이는 음악을 플레이 리스트째로 던져 주는 친구. (이제 남은 그만 찌르고 나도 좀 도움이 되는 친구여야 할 텐데 말이다) 내 지인이 주는 추천은 로버트 파커만큼 대외적인 공신력이 있지는 않겠지만 그와는 다른 의미로 특별하게 다가온다. 그리고 부담감도 느낄 필요 없이 말을 주고받을 수 있으니 얼마나 편한가. 어차피 절대적 정답이 있을 수 없는 문제다. 내가 인정하면 정답이고, 미심쩍으면 오답이다. 때로는 그저 내 상황에 대한 공감을 통해 나오는 추천이라서 통과가 되는 것일지도 모른다. 그렇기에 와인의 본질인 '맛'이 늘 답의 기준이 되지 않을 수도 있다.

"아 영업상 와인 선물을 드리긴 해야 하는데…. 막 좋은 거 드리기는 싫고…. 완전 아저씬데 제가 그분 싫어하거든요. 호호. 그런 분에게 적당한 와인 있을까요? 5만 원 정도 레드로요. 아니, 절대 5만 원 넘길 필요 없어요. 절대!"

이렇게 구체적인 내용과 본인의 감정까지 충분히 실어 주면서 추천을 바라는 분도 계시긴 했다. 이것도 추천…이라고 해야 할지 애매한 구석이 있긴 하지만 마치 전 남자친구 결혼식에 가기 위해 미용실에 들러 사연을 들려주니 그 미용실 원장 이하 모든 스태프가 일순 전우가 되어 손님에게 최고의 헤어를 해 줬다는 이야기랑 비슷하려나. 있는 지식을 총동원하여 최선을 다해 그냥저냥 적당하면서도 좋을 것 없지만 뭔가 구색 맞추기용은 될 것으로 보이는 그런 와인을 찾아 드렸다는 점에서 좀 애매하게 유사한 경우겠다.

또 한번은 난감한 문의를 받은 일이 있었는데, 어떤 손님이 암 환자가 마실 수 있는 유기농 와인을 추천해 달라고 요청한 일이었다. 물론 처음부터 그런 이야기로 운을 띄우시지는 않았고 내가 포스팅한 스페인의 어느 와인에 대해 문의하셨다. 와인에 대한 문의도 문의지만 오가닉, 내추럴, 유기농 등의 용어를 섞어 가며 소위 말하는 '이런 용어가 붙은' 와인에 대해서 많이 궁금해하셨다. 그래서 마침 오전 중에 한가하기도 했던 터라 저런 용어와 더불어 비오디나믹, 비건 등 헷갈리실 만한 내용을 꽤 오랜 시간 설명해 드렸다. 간단하게나마 다시 말하자면 각각 조금씩 다르긴 하지만 공통으로 지향하는 바는 포도 농법과 와인 양조 과정에서 사용될 수 있는 화학품, 기계 및 인간의 인위적인 간섭을 최소화하여 최대한 땅의 회복을 돕고 자연에 가까운 와인을 만들자는 철학에서 비롯된다.

그런데 한참 재밌게 대화를 나누다 잠시 우물쭈물하시면서 조심스레 다시 말을 꺼내셨다. 지인 중 한 분이 그리 심하지 않은 가벼운(?) 암을 치료하고 있는데 어느 한 외국 자료에서 이런 유기농 레드 와인은 마셔도 괜찮다고 하던데 정말이냐는 질문을 추가로 던지셨다. 순간 살짝 당황했지만 웃으면서 솔직하게 그건 아닌 것 같다고 답을 드렸다. 사실 내추럴이고 바이오다이내믹이고 뭐고 간에 본질은 포도를 발효하여 생성된 알코올이 함유된 술이라는 점이기 때문이다. 와인을 좋아하고, 또 드시고 싶어 하는 욕심이야 나도 와인을 좋아하는 사람으로서 200% 공감하나 책임질 수 없는 조언을 해 줄 수는 없었다. 아무튼 부정적인 답변을 들으시고 약간 풀이 죽으신 것이 조금 안쓰러웠지만 그래도 어찌하겠나. 이 전화를 끊고 나름 레드 와인과 관련된 논문도 다시 한 번 찾아봤지만 뭔가 프랑스의 입김이 느껴지는 '안토시아닌 덕분에 하루 한 잔 레드 와인은 좋을 수도 있지.' 정도의 내용과 '단 한 잔의 와인이라도 알코올인 이상 좋을 리가 없다.'라는 강경한 미국발 안티 논문들이 주로 보였다. 이렇게 논문을 찾아본 또 다른 이유는 나도 가끔 고작 감기나 몸살에 걸리면 며칠 와인을 자제하기도 하기 때문인데 '좀 더 큰 병에 걸리면 어떻게 하지?'라는 생각이 들어서다. 아마 그때가 되면 나도 뻔뻔하게 유기농이니까 좀 마셔도 괜찮지 않을까라며 너스레를 떨지도 모르겠다.

그리고 이제는 그런 사람도 많다는 걸 깨달았지만 맛과 무관한 추천을 원하는 경우도 있었다. 한번은 인스타그램에서만 존재할 것 같은 아우라의 여성 두 분이 오신 적이 있었는데 잠시 둘러보더니 대뜸 "라벨이 예쁜 와인 좀 추천해 주세요."라고 말했다. 와인숍 주인으로서 고객 요청이 입력되었으면 출력해야 하는 법이지만 결론에 도달하기까지 체감상 한참 걸린 것 같아 식은땀이 살짝 흐른 기억이 난다. 평소에 그런 기준으로 와인을 선별하지 않기 때문이다. 다행스럽게도 때마침 라벨에 크나큰 해골이 그려진 나름 힙해 보이는 스페인 와인이 있어 건네드렸더니 흡족해하며 바로 통과가 되었다.

이처럼 어떤 것을 추천한다는 것은 사람에 따라 바라보는 바가 천차만별이기 때문에 답변의 책임감을 가벼이 여기지 않으면 않을수록 어렵다. 와인의 근본이라 할 수 있는 맛으로만 결정짓기 어려운 경우가 많기 때문이다. 어떤 이는 가격이 높으면, 그림이 예쁘면, 와인 색이 예쁘면, 달지 않으면, 선물 포장이 마음에 들면 좋은 와인이라고 판단한다. 좋은 추천을 하기 위해 와인이 지닌 맛 이외의 다양한 요소를 고려하고, 그리고 답을 원하는 상대의 상황도 중요한 무게추로써 활용해야만 한다. 그런 추가적인 소통을 원치 않는 사람에게까지 좋은 추천을 내주어야 하니 설령 답이 없더라도, 답을 향한 나의 고민과 상대를 향한 관심을 잘 버무려서 건네야 하는 것. 이것이 제일 좋은 추천이 아닐까 싶다. 이를 가능케 하기 위해서는 무엇보다 내가 많이 마셔 보는 것 이상으로 상대를 이해하려는 노력이 필요하다. 세상 사람들이 모두 이렇게 상대를 생각해 준다면 전쟁도 없어지지 않을까나.

무리야?

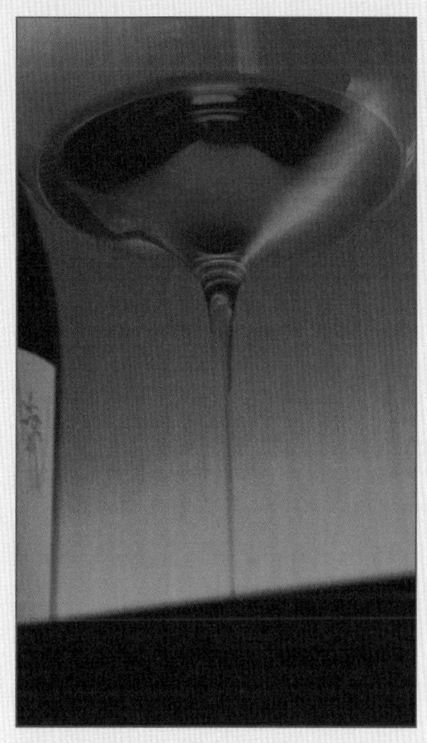

와인은 똑같은 품종임에도 불구하고
누가 만들었느냐에 따라 결과물이 너무나 다르다.
물론 품종이 주는 한계 안에서의 차별성이지만
그래도 꽤 뚜렷한 개성이 드러나곤 한다.
결국 우리 할머니 고추장처럼 손맛을 따지게 된다.
이것은 내가 '피노 누아' 품종의 늪에서 쉽게 헤어 나오지 못하는 이유다.

집에서 와인을 마시는 이유

나와 E는 수년간의 연애를 지속했고, 우리 사이에는 소주, 맥주, 칵테일, 위스키, 와인이 있었다. 이들은 때로는 상대가 취하기를, 때로는 내가 취하기를 바라는 마음속 작은 소망을 이뤄주는 요정들이었다. 여느 썸타는 사람들이, 혹은 연인에 가까워진 이들이 고민할 법한 솔직과 조심 그사이를 조율해 주며 관계를 다양한 색상으로 수놓을 수 있도록 도와줬다.

한번은 봉천동에 전통술로 칵테일을 기가 막히게 말아 준다는 집이 있어서 함께 갔다가 사장님과 죽이 착착 맞아 이것도 맛보고, 저것도 맛보며 슬슬 정신 줄을 놓을락 말락 할 정도가 된 적이 있다. 보통 한 명이 정신 줄을 놓으면, 남은 한 명이라도 붙잡아야 할 텐데 그날은 새로운 술 장르에 흥분했던 나머지 어린아이가 헬륨 풍선을 놓치듯 둘 다 놓아 버렸다. 그래도 딴은 남자라고 여자보다는 몸에 더 붙어 있는 근육을 최대한 이용하여 E를 부축해서 계단을 올라갔다. 그때 나의 비루한 하체는 중심을 잃고 내 쪽으로 기울면서 한 팔이 벽에 끌렸는데, 다음 날 보니 자상처럼 가늘고 길게 상처가 나 있었다. 별로 깊지 않아 보여서 무시했는데 이 선택을 조금 후회할 만큼 상흔이 선명하게, 그리고 또 오래 갔다. 아마도 나의 세포 나이가 좀 높았던 탓이렸다. 그래서 나는 두고두고 이 자국을 가리키며 E를 놀려 댔다. 내가 불리한 상황에 놓일 때마다 꺼내쓰기 좋은 방어 무기가 된 셈이다. 몇 년이 지난 요즘은 잘 안 보여서 더 이상 써먹지 못하고 있다.

항상 누군가와 같이 술을 마신 것은 아니었다. 정통 바 문화에 한참 심취했던 이유도 혼자 가는 것이 나름의 즐거움이 있었기 때문이다. 위스키 바의 고유한 특징, 오늘의 기분에 맞는 콘셉트, 집까지의 동선과 택시비, 친한 바텐더 또는 사장님과의 친분과 출근 여부 정도를 재가며 어느 집에 가서 술을 마실지 고민하는 것은 늘 지겹지 않았다. 매우 깊은 통찰 끝에 '오늘은 바로 이 집이다! 아니다! 이 집에 갔다 저 집에 가고 마무리로 요 집까지 가면 되지 않을까!?'라는 자칭 솔로몬급 솔루션을 스스로 내놓기도 했다. 그렇게 메뚜기처럼 폴짝폴짝 바 호핑Bar hopping을 하면 돈이 솔솔 새 나가게 된다. 대부분 바는 자리에 앉는 순간을 기본으로 내는 테이블 차지Table charge; 기본 서비스 이용료가 있다. 이 요금을 안 받는 곳도 있지만 받는다면 보통 5000원~2만 원 사이가 많다. 바 자리에 앉아 기본 안주, 물, 그리고 손수건 등의 서비스를 받는 순간부터 지급해야 하는 비용이다. 이 때문에라도 한 집에서 한 잔만 마시고 나오는 것은 왠지 손해 보는 것 같아 최소 석 잔은 마셔 줘야 한다. 그 정도는 바텐더를 괴롭혀 줘야 왠지 아쉽지 않다는 이상한 합리화까지 한다. 유독 본전이 더 생각나는 날에는 만들기 귀찮은 술을 조심스레 부탁하곤 했다. 양심상 한가할 때나 바가 영업을 종료할 때쯤 마지막으로 어려운 술을 요청한다. 이 술의 이름은 '라모즈 진 피즈Ramos gin fizz'. 이제는 많이 알려졌지만 라떼는 아직 흔하게 주문하는 술은 아니었다. 무엇보다 일단 재료도 많이 들어가고, 손도 많이 간다. 엄청나게. 어느 정도냐면 일단 재료의 수는 차치하더라도 바텐더 혼자서 10분 이상을 쉐이킹을 해야 한다. 팔이 너무 아프니 다른 바텐더나 주변 손님들에게까지 돌아가면서 흔들게 할 정도였다. 그래서 요즘은 기계의 힘을 빌려 만들기도 하는데 난 손으로 만들어 주는 것이 좋다. 기계는 왠지 정 없잖아? 하지만 정이고 기계고 뭐고 간에 이런 식으로 바에서 술을 계속 마시면 통장이 텅장 되는 건 순식간이다.

그런데 가끔 위스키 & 칵테일 바에서도 와인을 마실 때가 있었다. 딱 한 잔 더 하려고 하는데 뭘 마셔야 할지도 모르겠고, 바텐더는 바쁘고, 취하기도 했고 막잔으로 뭔가 스페셜한 것이 없을까 싶어서 잔술로 파는 레드 와인을 요청. 그리고 내 앞에 조심스레 놓인 잔을 손으로 멋들어지게 휘~ 돌리는 스월링을 한 뒤, 향을 맡는답시고 코를 잔에 푹 박아 폐부 깊숙이 향을 밀어 넣을 기세로 흐읍, 하며 숨을 들이마셨다. 하지만 욕심이 과했나, 목의 각도가 잘못되었나, 팔의 각도가 잘못되었나, 뇌가 잘못되었나, 어느 부위의 책임자를 소집해 호통을 쳐야 할지 모르겠지만 와인을 코로 마셔 버리는 사태가 발생해 버렸다. '책임 추궁은 지금 중요한 일이 아니다. 수습부터! 쿨럭쿨럭….' 최대한 이 창피함을 누르는 것이 당장 기도에 흘러 들어간 와인 방울을 처리하는 것보다 중요한 걸 보니 인간은 절대적으로 사회적 동물임이 틀림없다. 누군가 봤을세라 잽싸게 휴지로 입과 코를 가리고 입가를 정리하며, 기침을 꾹꾹 눌러서 내뱉었다. 그와 동시에 좌우로 눈알을 굴리며 빠르게 아무 일도 없었던 것처럼 들썩이던 몸을 무림 고수인 듯 갈무리했다. 내 등 뒤에 앉은 손님들이 날 봤다면 여자친구와 지금 막 헤어짐을 통보받아 얼굴을 감싼 채 어깨를 들썩이며 오열하는 남자라고 시나리오를 썼을지도 모르겠다. 남은 와인이 무슨 맛이었는지는 더 이상 관심이 동하지 않았지만, 그래도 돈이 아까우니 꾸역꾸역 다 마셔 내고서야 비틀거리며 자리에서 일어났다. 이 쪽팔림에서 빨리 벗어나기 위해.

집 밖에서 마시는 술은 비싸다. 아니, 그것이 정상 가격이다. 그 업장의 서비스를 이용하면서 술을 마시는 것이니 오롯이 술값만 낼 수는 없지 않은가. 여기에 교통비, 노래방비, 입가심비(?), 편의점의 숙취해소제와 아이스크림 구입비 같은 피할 수 없는 부가적인 비용도 발생한다. 그래서 점차 밖에서 마시는 일이 줄어들고, 집에서 혹은 추가 비용을 낼 필요가 없는 누군가의 개인적인 공간에서 와인을 마시게 된다. 이미 좋은 와인에는 그만큼의 값어치를 지급해야 하니 다른 부분에서라도 절약해 보자는 의미다. 그리고 와인 자체에 확보된 자금을 몰아주자는 기적의 논리가 탄생한다. 결국 전체 비용은 전혀 줄어들지 않았지만 이 논리는 E에게도 공감을 얻어 요즘은 와인을 집에서 많이 마신다. 프로페셔널한 음식과 차별화된 콘셉트가 녹아 있는 인테리어, 그리고 배려심 가득한 자본주의 미소가 수반되는 서비스를 포기하는 대신 와인의 질이 높아진다면 그것 그대로 좋다는 이야기다. 모두 다 가질 수 있는 재력이 있다면야 이야기는 다르겠지만 아쉽게도 나와 E는 아니었다.

저녁 메뉴를 고민하면서 동시에 무슨 와인을 마실 것인지 슬그머니 물어보는 E의 목소리에서는 종종 설렘을 자아내는 미묘한 떨림이 느껴지곤 했다. 먹고 싶은 음식을 먼저 정하고 와인을 맞추기도 하지만, 거꾸로 마시고 싶은 와인을 먼저 고르고 음식을 맞추는 일도 비일비재했다. 써 놓고 보니 우리에겐 와인도 이미 음식과 같이 여기는 삶이 된 것 같다. 둘 다 프랑스의 '피노 누아Pinot noir'와 '샤도네이Chardonnay' 포도 품종으로 만든 와인을 좋아하는 탓에 셀러에는 여러 부르고뉴 와인들이 놓여 있지만 선뜻 고르지 못한 채, 둘 다 엉거주춤하게 어항 속 물고기를 보는 고양이 두 마리처럼 서 있을 때가 많다. "이건 비싸서 좋은 날 마시자.", "이건 지난번에 마셔 봤으니까.", "이건 아직 빈티지가 아쉬운걸.", "이건 오늘 음식에는 확 밀릴 것 같아."라는 의견을 주고받다 보면 와인을 고르는 데 들이는 시간 탓에 식사 시간이 조금씩 늦어지곤 한다. 그래도 그렇게 투명하고 치열한 공방전을 거치는 선정 과정을 통한 탓에 맛이 있어도, 없어도 그 결과에 승복할 수 있게 된다.

보통 E와 나는 음식을 먹기 전에 만약 와인을 마시기로 결정했다면, 와인을 테이스팅하는 것으로 식사를 시작한다. 음식을 먼저 먹다가 와인을 마셔도 그건 그대로 즐거운 미식 경험이겠지만, 음식으로 지친 혀로 와인의 첫인상을 갖기는 어렵다는 주의다. 그래서 적어도 첫 잔만은 다른 음식 없이 와인만으로 코와 입을 홀려 보자는 것이다. 빠르게 구두 평가를 하는 E와는 달리 나는 아무래도 업이 관련돼 있다 보니 간단한 촬영과 짤막한 글을 남기느라 시간이 더 오래 걸린다. 먼저 식사를 하지 않고 그 시간을 기다려 주는 E에게 조금 미안할 때가 있다.

와인에 대한 평을 하는 데는 여러 방법이 있다고 생각한다. 객관적인 기준에 의한 평가라면 '컬러: 루비, 강도: 미디엄 플러스, 산미: 미디엄 마이너스, 알코올: 하이, 당도: 드라이…' 같은 식으로 체계화된 기준에 따라 기록할 수 있다. 여기에 더 나아가 자신만의 체계를 구축해 백 점 또는 별 다섯 개 만점과 같이 최종 점수를 매기는 사람도 있다. 하지만 나는 이런 방식보다는 그 와인과 만난 순간을 묘사하고 싶었다. 와인을 접하고 떠오르는 이미지에 대한 글을 짧게라도 남기고 싶었던 것인데 필력이 달려서 그런지 매번 그 과정이 쉽지 않았다. 어떨 때는 와인에 대한 표현과 글귀가 생동감 넘치게 써질 때가 있지만, 단어 몇 개조차 떠올리기 힘들 때도 있다. 너무 오래 끙끙대고 있으면 배고픔을 참다못한 E가 "먼저 먹을게."하고 음식과 와인의 페어링을 즐기는 단계로 훌쩍 넘어간다. 나는 그 맛있는 소리를 들으면 시험이 끝날 시간에 가까워졌는데도 여전히 답안지를 작성 중인 초초한 수험생이 되어버린다. 글이 영 잘 풀리지 않을 땐 음식 냄새가 나지 않는 진실의 방사실은 옷방으로 잠시 잔을 들고 와서 다시 향을 맡아 보고, 마셔 보고, 질문을 계속 던져 본다.

"너 누구냐."

간신히 이 와인에서 받은 느낌을 어렵사리 글자로 문장으로 조합하여 재구성한 뒤, 진작 결론에 다다른 E와 이야기를 나눈다. 같은 공간, 같은 순간에 이뤄진 이 와인과의 접촉 사고는 너에게는 운명이었니 아니면 악연이었니. 아니면 기억에 남기기도 애매한 그저 그런 희끄무레한 와인이었니. 함께한 경험 속에 나 혼자만의 이기적인 결론이라면 아무짝에도 쓸모없기에 치열하게 E와 난투극을 펼친다. 내 새끼도 아닌데 방어를 하기도 하고, 때로는 신랄하게 욕을 하며 고개를 절레절레 젓는다. 이건 E도 마찬가지다. 평소에는 선택 장애를 자주 겪는 친구지만 일단 선택한 와인에 있어서는 단호박이 될 때가 많다. 이게 무엇이라고 이렇게까지 하는가 싶기도 하지만, 하면 할수록 이 순간의 향과 맛은 서로의 주장을 이정표 삼아 짙고 깊게 뇌리에 새겨진다. 기억에도 도움이 되지만 승자가 없는 이 싸움을 MSG 삼아 음식은 한층 더 맛깔스럽게 변해 간다. 아니… 뭉그적거린 나 때문에 오늘은 음식이 조금 식었으려나. 다시 데워 먹지, 뭐. 괜찮지?

잘 만든 샴페인은 수년에 걸쳐 숙성한 덕에
탄산이 와인 곳곳에 숨바꼭질하듯 잘 숨겨져 있다.
실제로도 이 숙성 과정을
'prise de moussecapturing the sparkle; 거품 발생'라고 부른다.
불을 바라보며 힐링하는 불멍, 어항을 바라보는 물멍처럼
샴페인을 바로 마시지 않고 멍하니 바라보는 것만으로도
어떠한 힐링이 될 때가 있다.

그나저나 '와인, 남길 수 있어요?'

이 문장은 비마프의 와인 시음회에 붙인 일종의 부제다. 여기에는 두 가지 의미가 있다. 와인을 '남겨서 버릴 수 있나?'는 의미와 와인에 대한 '소감을 남길 수 있겠냐?'는 의미다. 자주 열지는 않지만, 이 시음회에서는 와인병 목에 걸 수 있도록 끈이 달린 작은 종이와 펜을 주고 방금 맛본 와인에 대한 느낌을 꼭 써 보게 한다. 와인의 바디감이 어떻고, 탄닌이 어떻고 하는 전문 용어를 쓰라기보다는 떠오르는 단어, 기왕이면 문장으로 풀어써 주길 바란다. 와인에 대해 어느 정도 공부를 한 사람도 그렇지 않은 사람도 공통으로 어려워하는 부분이다. 많은 사람에게 와인에 대해 뭔가 이야기를 해 보라 하면 어떨 땐 맛있다, 맛없다 조차도 말하기를 힘들어한다. 그저 잘 모르겠다고 말끝을 흐리는데 이런 경우 시간이 지나면 대부분 좋았던 기억도 차츰 희미해져 마셨던 와인인지도 모르게 사라져 간다.

내가 시음회에서 참여한 사람들의 긴장을 풀어 줄 겸 예시로 드는 것은 일본의 와인 만화 '신의 물방울'에서 주인공이 와인 평을 하는 장면이다. 여기서 주인공 '시즈쿠 칸자키'의 라이벌인 천재 와인 평론가 '토미네 잇세'가 와인을 마신 뒤 자연스럽게 눈을 감으며 이렇게 표현한다.

"이 와인 너머에, 술의 신 바쿠스의 제단이 보여."

그리고 나는 이 장면을 시음회에 온 분에게 보여 주고 따라 읽게 한다. 손발이 오그라들어서 제대로 따라 하는 분이 아직 없었지만 와인에 대한 어떤 표현에는 한계가 없고 정형화된 틀을 모른다고 창피해할 필요도 없다는 것을 알려 주고 싶었다. 그렇다고 어디 가서 이렇게 말하라는 것은 아니다. 이러면 친구가 안 생길 수도 있다는 말을 덧붙이는 것도 잊지 않았다. 일부러 부담을 덜어 주기 위해 와인 택도 작은 것을 준비했다. 처음에는 더듬더듬 단어 한두 개를 간신히 뱉는 아기처럼 낯설어하던 사람도 몇 번 해 보면 금세 하나의 문장을 적어 내곤 한다. 그리고 그 내용을 공유하며 왜 그렇게 썼는지 말하다 보면 같은 와인임에도 불구하고 타인의 다른 표현에 흥미를 느끼게 된다. 결국 더 깊은 자신의 이야기까지 끄집어내어 나누는 묘한 공감의 경험에 이른다. 그래서 그런가 어떤 분은 그날 마셨던 한 와인에 대해 '○○○ 와인은 후시딘이다.'라고 적었다. 궁금해하는 다른 사람에게 부연 설명을 하려다 약간의 멈칫거림 후에 말하길, 이 와인을 마시면서 유난히 위로되는 기분이 들어 저렇게 썼다고 했다. 이외에 고작 가로세로 몇 cm 정도의 작디작은 와인 택에 알쏭달쏭한 사랑 이야기를 써 놓고 궁금증을 해소해 주지 않는 얄미운 분도 계셨지만, 그 또한 흥미로웠다.

'와인, 남길 수 있어요?'는 시음회 콘셉트 이전에 나를 위한 장치이기도 했다. 원하든 원치 않든 수없이 많은 와인을 시음해야 하는 입장에서 하나하나 모두 이렇게 공들여 음미하고 글로 남기는 일은 상당히 비효율적이면서도 어려운 일이다. 그래서 어느 정도 익숙해질 만큼 경험도 필요하거니와 때와 장소를 가릴 줄도 알아야 한다. 수백 개의 와인이 제공되는 대규모 시음회에서는 할 수 없고, 글보다는 대화 위주이며 정해진 시간 내 빠르게 진행이 되는 전문 시음회에서도 역시 어렵다. 하지만 여러 가지 형태의 시음회를 겪어 본 결과 적은 수의 와인에 집중하여 기록을 제대로 남기고, 주변과 공유할수록 기억에 오래 남는다는 것이 분명했다. 특히나 몇몇 소수의 인원과 시음회를 하면 나는 이들과 함께 와인만이 아닌 시간도 함께 마신다고 생각한다. 여행과 같은 추억에 남는 건 사진밖에 없다고 하지만, 와인은 사진 말고 글도 함께 남겨야 좀 더 기억을 되돌리기에 수월하다. 그저 '아~ 그 와인 맛있었지…. 맛있…었나?'로 나의 회상이 그치지 않고 보다 생생하고 진한 컬러로 다시 채색해 낼 수 있기를 바랄 뿐이다. 언제 올지 모를 그 미래의 순간을 위해 지금 이 포도색 짙은 음료 속에서 적어도 몇 개의 문장과 단어 정도는 건져 내려 노력한다. 이런 점에서 병목에 걸린 여러 사람이 남긴 와인 택을 보면 이 와인에 대해 추측하기도 좋지만, 여러 사람의 추억을 선글라스 삼아 와인을 바라볼 수 있게 되어서 특별한 느낌을 받게 된다. 그리고 기록에 대한 필요성이 깊게 와닿았던 개인적인 계기는 또 있었다.

수년 전에 나를 포함한 남자 셋이 이탈리아로 로드 트립을 떠난 적이 있었다. 친구 J의 친누나가 현지에서 일을 하고 계셔서 방문 겸 여행을 간다기에 나를 포함한 나머지 두 명이 그럼 우리도 껴서 가 보자 하여 얼결에 그냥 지르게 된 여행이었다. 막상 간다고 결정을 하니 다른 친구 K는 예전 회사 다닐 때의 무역 파트너였던 이탈리아 담당자에게 여행 일정을 슬그머니 안부 메일 속에 곱게 담아 보냈다. 그 당시 이미 K는 퇴사하여 비즈니스적인 이해관계가 없기에 따로 챙길 필요가 없는 상황임에도 불구하고 그녀는 흔쾌히 시간을 내어 달라고 우리에게 되레 요청했다. 그렇게 떠난 이탈리아에서 우리는 삼시세끼 와인을 마셨다. 아침 와인, 점심 와인, 저녁 와인 그리고 가끔 자기 전 와인까지니까 일일 3.5 와인이라고 해야 옳겠다. 식당에서 물도 돈 주고 사야 하고, 와인도 돈 주고 사야 한다면 당연히 와인 아니겠는가? 다양한 현지 음식과 그 나라에서 만든 와인을 곁들여 즐기는 것은 너무나 행복한 경험이었다. 하지만 이 역시 글로 남기지 않아 지금은 사진을 봐도 무슨 맛이었는지 떠오르기는커녕 막연히 좋았다고 여겨지는 기억의 파편조차도 안 되는 바스러진 가루뿐이다. 그렇게 여정을 보내다 찐 이탈리아인 A를 만나는 날이 되었다.

그녀는 친구 한 명을 태운 자신의 차를 끌고 호텔 앞으로 우리를 픽업하러 왔다. 특유의 이탈리아 억양이 살아 있는 영어였지만 표정과 몸짓이 더해져 언어 이상의 반가움을 느낄 수 있었다. 눈을 마주치며 인사하는 것에 어색함을 감추지 못하는 한국인으로서 최대한 노력했지만, 어딘가 뻣뻣함이 생기는 것은 막을 수가 없었다. 볼을 맞대며 가짜 뽀뽀 하는 인사를 안 한 것이 얼마나 다행인지. 그저 악수로 마무리할 수 있어서 다행이다 싶었다. 아무튼 이날의 목표는 와이너리 방문 및 테이스팅 그리고 인근 레스토랑에서 식사를 마치고 돌아오는 코스였다. 그냥 보면 아주 평범한 일정이고 무려 현지인이 풀 코스로 가이드를 해 준다는데 무슨 걱정이 있겠나 싶었다. 으응… 아무 문제 없을 줄 알았지. 와이너리가 숙소에서 약 2시간 이상 떨어져 있다는 점과 애네도 초행길이었다는 사실은 미리 좀 알려 주지 그랬니. 우리로 치면 외국에서 놀러 온 친구를 서울에 있는 맛집보다는 '이런 건

너희가 알아서 먹을 수 있으니 나는 쉽게 갈 수 없는 곳을 데려가겠다!' 하며 야심 차게 평소 잘 가지도 않았던 몇 시간 떨어진 강원도 꼬불꼬불 산골 어딘가에 자칫 을씨년스럽게 보이는 능이버섯 닭백숙 식당 같은 곳으로 끌고 간 것이다.

당시는 지금보다 이탈리아 와인에 대한 지식이 별로 없을 때이기도 했고, 미리 목적지에 대해 아예 알아볼 생각도 하지 않았다. 그저 '현지인이니까! 믿어야지!'라는 안일하면서도 어찌 보면 매우 합리적인(?) 선택을 했다. 요즘같이 더 살벌해진 세상에서는 조금 의심했을 것 같지만 그때만 해도 그냥 생판 일면식도 없는 이탈리아인 할아버지 할머니와 함께 장도 보고, 식사도 같이하고 그랬었다. 지금도 존재하는지 모르겠지만 당시 에어비앤비와 비슷한 서비스로 현지 가정집에서 식사할 수 있게 연결해 주는 플랫폼을 통해서 가능했다.

한참을 걸려 도착한 장소가 이탈리아에서 가장 유명한 와인 중 하나인 바롤로Barolo와 바르바레스코Barbaresco를 생산하는 곳임을 깨닫고 엄지를 두 개, 아니, 발가락까지 네 개를 들어 주고 싶은 심정이었다. 한국으로 치면 안동소주를 맛보여 주러 서울에서 안동까지 데려간 것인가!? 남자 세 명이 좁은 세단 뒷자리에 껴서 두어 시간을 버텨 낸 보람이 느껴지는 순간이었다. 와이너리에 가기 전에 예약해 둔 이탈리안 레스토랑에서 정성스러운 설명과 함께 와인을 마시며 슬슬 간에 시동을 걸었다. 영어로 따로 번역해 주는 말 외에는 전혀 알아듣지 못했지만 일단 고개는 끄덕끄덕하며 엄지를 연신 척척 올리는 리액션도 잊지 않았다.

레스토랑에서 나와 이동한 인근의 와이너리에서 프라이빗 테이스팅 프로그램에 참여했는데 당시 사진 속 시음한 와인들의 라벨을 보면 지금 무슨 생각이 들 것 같은가? 별다른 생각이 떠오르지 않는다. 무슨 맛과 향이었는지, 어떤 기분이었는지, 나는 무엇을 느꼈는지. 그게 허무하고 안타깝다. 그저 '좋았지…. 또 가고 싶다….'라는 그리움으로만 기억하는 시음의 순간. 있어야 할 찬란하고 밀도 높은 기억 조각들이 낱낱이 알아볼 수 없는 무채색 덩어리로 뭉쳐지고 말았다.

테이스팅을 마친 와이너리에서 떠나 제노바의 숙소로 돌아오는 길은 어느새 강원도 두메산골처럼 빠르게 땅거미가

져 버려 앞이 잘 보이지 않게 되었다. 아까 말했던가? 이 이탈리아 친구들도 이 길이 초행길인 것 같았다고. 사방은 깜깜해졌고 자동차 창문 너머에 보이는 것이라고는 딱 헤드라이트가 내뿜는 빛의 윤곽만큼만 보이는 검은색 숲과 산길뿐이었다. 내비게이션이 있었지만 뭔가 맞지 않는 길로 들어선 것 같은 유턴을 몇 차례. 운전석과 조수석에 나란히 앉아 서로 주고받던 이탈리아어 대화에서 뭔가 심상치 않은 기운을 느꼈지만, 괜한 긴장감을 얹고 싶지 않아 조용히 뒷자리 가운데에 구겨져 있었다. 그런데 1시간, 2시간 그리고 3시간쯤 원래 예상했던 시간보다 한참을 길어지자 그녀는 솔직하게 길을 잘 몰라서 헤맸다고 실토했다. 하지만 원래 남자들은 잘못 주문한 커피가 나와도 "아, 그냥 마셔!"라고 서로 윽박지르지 않던가. 이렇게 우리를 위해 애써 준 것만으로도 감사한 일이었기에 제대로 된 이탈리아어인지도 모를 '노 프로블레모'로 여유를 부렸다. 결국 밤늦게 숙소로 돌아올 수 있었고, 우리가 더 할 수 있는 일은 없었다.

삽질은 이날만으로 그치지 않았다. 이탈리아 중부 부근의 일정 중에는 예약해 두었던 와이너리 겸 숙소에 밤늦게 도착하여 저녁 식사 시간을 놓쳤다. 한심함과 귀찮음이 골고루 묻어나는 주인아주머니의 낯빛에 와인이라도 살 수 없겠냐고 사정하니 토스카나 와인 몇 병을 간신히 음식 대신 손에 넣을 수 있었다. 숙소는 인근에 음식 구할 곳도 없는 광활한 포도밭 한가운데고, 가진 건 레드 와인뿐인데 배는 대책 없이 고팠다. 다행히 한국에서 가져간 비상식량인 컵라면이 떠올라 이거라도 먹자며 꺼냈다. 이탈리아 산지오베제Sangiovese와 한국 컵라면이라니…. 이 둘만으로는 썩 잘 어울리는지 모르겠지만 밤하늘의 별이 어찌나 밝고 청량하던지 김치 대신으로 딱이었다. 그렇지만 여전히 당시 먹었던 육개장 사발면의 맛과 밤하늘의 별이 주는 아름다움은 떠올라도, 와인의 맛은 잘 기억나질 않는다.

이처럼 즐겁고 재밌었던 여행의 기억과 기억의 간극은 사진이라는 매개체를 통해 붙여 나가며 설명할 수 있지만 와인의 섬세함은 그것이 불가능했다. 그래서 기록을 해야겠다고 마음먹게 되었다. 이것이 비마프의 '와인, 남길 수 있어요?' 시음회가 나온 지극히 개인적이면서도 근본적인 이유다. 나 개인적으로는 꼭 시음회가 아니더라도 내 입에 넣은 와인들은 최대한 기록을 남기려고 노력한다. 다수와 함께 여러 병을 시음할 땐 조금 유난스러워 보일 수도 있고, 내 앞에 있는 사람에게 또 집중해야 하는 매너도 필요하므로 최대한 자제하는 편이지만 그냥 이대로 보내 버린다면 너무나 아쉬울 것 같은 그런 와인에는 염치 불고하고 시간을 할애하는 편이다. 길 가다 우연히 만난 어떤 이가 정말 내 이상형이라면 진심을 가득 담아 말이라도 한번 걸어 봐야 돌아오는 내내 후회가 남지 않듯이.

반대로 입에 맞지 않는 와인을 만난다면 억지로 마시지 않고 남겨서 버리는 일도 과감히 할 수 있어야 한다고 생각한다. 와인도 결국 술이다. 이런저런 장점을 발견해 보려 노력하는 마음가짐은 좋지만 그런데도 나와 연이 아닌 것 같다면 할 수 없는 일이다. '와인, 남길 수 있어요?' 시음회에서도 여러 가지 와인을 테이스팅하지만 모든 병이 항상 다 비워지는 것은 아니다. 인기가 좋아 모자라는 와인이 있고, 많은 양이 싱크대로 향하는 와인도 있다.

만약 어느 날 와인을 남겨서 버리는 쪽이 아니라 마음에 드는 구석이 꽤 있는 인상적인 와인이었다면, 그저 스쳐 지나가지 않도록 나의 느낌 한 조각을 어딘가에 남겨 보는 것은 어떨까? 훗날 다시 꿰맞춰 보는 즐거움이 생길지도 모르니.

'와인, 남길 수 있어요?'
시음회에서 남겨진 표현과 와인.

처음엔 어려워도 써 보면 미처 예상하지 못한 글이 튀어나온다.
그러다 와인이 아닌 어느새 내 안의 무언가를 건드리고 있는 자신을 발견할 수 있다.

역시 취미는 '장비빨'이지

종합적으로 럭셔리하고 섬세한 서비스와 인테리어를 갖춘 전문 와인바를 방문해 보면 평소에 보기 힘든 와인 리스트에 먼저 군침이 돈다. 하지만 그것을 제외하면 와인과 만나는 경험을 더욱 맛깔스럽게 만들어 주는 각종 기물에 눈이 또 간다. 그중에 우리네 집에서도 소화할 수 있을 만한 아이템을 꼽는다면 단연 1위는 와인 잔이 되겠다. 다른 것으로는 와인 병과 코르크를 받쳐 주는 근사한 디자인의 코스터가 있다. 그리고 천장으로부터 상대의 얼굴에 바로 반사되는 민망하고 밝은 빛이 아닌, 은은하게 테이블 위에서 딱 필요한 만큼만 밝혀 주는 포인트 조명이 각 2, 3위를 다툰다고 생각한다.

이제는 평생의 술 동무 계약을 체결한 (책을 쓰는 동안 여자친구에서 아내로 최종 진화가 된) E와 조금 좋은 곳에 방문할 때면 음식 서빙이 되기 전까지의 출출함을 예쁜 접시나 잔, 조명, 코스터 등의 다양한 소품을 구경하는 것으로 때우며 기다리곤 했다. 이 모든 것들이 모두 모여 공간감을 구성하고 흔히 말하는 매장에서 먹는 비용에 대한 정성적인 근거가 되어 주는 셈이니까. 하도 많이 보면서 관심을 두다 보니 이제는 어지간한 기물은 대부분 알아보는 수준이 되었지만, 그래도 새로운 브랜드나 신제품이 끊임없이 나오니 볼 때마다 신기하고 즐겁다.

역사와 깊이를 자랑하는 장르의 취미일수록 이런 직 · 간접적인 디테일이 다채로운데, 대략 그리스 시대부터 시작했다는 와인은 오죽하겠는가. 취미는 '장비빨'이라고 점차 좋은 와인 잔을 향한 와인 애호가의 유혹은 끊이지 않는다. 레이 사러 갔다가 포르쉐까지 올라가게 되는 '그거 살 바에는 돈 좀 보태서….' 같은 마법의 말은 와인 기물 쇼핑에도 여지없이 적용된다. 와인 잔도 저렴한 것부터 비싼 것이 나뉘는 위험한 쇼핑 영역 중 하나다. 그리고 그만한 이유도 충분히 있고.

어릴 적 조주기능사 시험을 준비할 때 각각의 칵테일에 맞는 잔을 사고자 남대문의 그릇 시장을 누빈 적이 있었다. 고급스러운 잔이 필요 없었고 그저 해당 칵테일에 맞는 전용 잔만 있으면 되었기에 한 개씩만 샀는데, 가격도 1,000원~3,000원 수준의 아주 두툼하고 투박한 그런 잔이었다. 당시에는 전혀 불만 없이 아주 잘 사용했었다. 덕분에 실기시험도 한 번에 붙은 것은 물론이고 연습할 때도 즐거웠다. 그런데 와인을 본격적으로 마시기 시작하면서 어쩌다 좋은 잔에 손과 입을 대 보는 순간 다시는 돌이킬 수 없게 되어 버렸다. 만족을 느끼는 나의 역치가 한없이 높아져 버린 셈이다. 그 시작은 많이 알려진 세계적인 글라스 브랜드 '리델Riedel'이었다. 분명 살아오면서 물 잔이 되었든 와인 잔이 되었든 리델 잔을 처음 경험해 본 것은 아니었겠지만 소위 하이엔드급의 리델 잔을 제대로 인지하면서 경험한 것은 와인을 본격적으로 마시고부터였다.

와인을 좋아하는 사람에게 덕질의 냄새가 종종 풍긴다면 나는 와인 잔에도 그 책임이 어느 정도 있다고 생각한다. 왜냐하면 이런 고급 브랜드는 단순히 화이트, 레드, 샴페인 정도의 큰 카테고리에 따른 단순한 세 가지 구분을 둔 것이 아닌, 더 나아가 포도 품종에 따라 잔의 형태를 달리했기 때문이다. 리델의 온라인 홈페이지에 들어가 보면 거의 현존하는 모든 품종을 구분할 수 있도록 올려 두었다. 품종 한 개 한 개마다 완전히 다른 잔이 매칭되는 것은 아니나 어느 정도 묶어서 대응한다고 해도 대단한 가짓수다. 상술과 논리가 절묘하게 선을 타고 있는 느낌이랄까. 이렇게 되면 레드 와인이라는 카테고리 안에서도 여러 종의 레드 와인 잔이 파생될 수 있다. 그게 무슨 돈 X랄 이냐고 적당히 하라고 외치는 사람도 분명히 있다는 것을 안다. 그런데 장비 병이 어디 그런 말로 고쳐지는 것을 본 적이 있던가? 없다. 그러니 일단 사고 봐야 한다. 변명을 굳이 해 보자면 이것이 사람과의 만남에서 또 하나의 공통분모이자 수다 소재로 작용한다는 것에 가점을 줘야 한다는 것이다.

"어머, 이번에 새로 나온 조세핀 와인 잔이네요!? 그 유명한 '잘토'가 디자인했다면서요?"

이렇듯 신상의 가치를 알아주는 사람이 곁에 있는 한 잔을 향한 욕심은 끊어질 수 없고, 나는 그저 합리화의 화신일 뿐이고, 인생 뭐 다 그런 거 아니겠나.

도대체가 포도 품종에 따라 무슨 잔이 나뉘냐고 하겠지만 실제로 그러한 상품이 판매되고 있다. 공통적인 기능을 위한 기본 디자인은 화이트나 레드나 유사하다. 바로 와인을 담는 몸통 부분이 바닥서부터 입이 닿는 윗부분으로 올라올수록 지름이 좁아지는 형태다. 아랫부분에서는 공기와의 접촉면을 최대한 넓혀 산화를 도와 향을 발현하게 만들고, 잔의 윗부분으로 올라오면서 그 향을 모아 더욱 밀도 있게 코로 전달할 수 있는 것이 이 곡선미의 기능이자 와인 잔의 주요 목적 중 하나다. 이 기본적인 철학을 포도 품종의 특징에 맞춰 어떤 부분의 지름을 더 넓히거나, 좁히거나, 잔의 깊이를 더 길게 빼거나 낮게 줄이거나 하는 등의 차별점을 만들어 낸 것이다. 한 예로, 보통 향의 음미를 중시하는 부르고뉴 지방의 ‘피노 누아Pinot noir’ 품종 전용 와인 잔은 대부분 브랜드를 막론하고 공통으로 볼이 아주 넓게 디자인된다. 반대로 기포탄산가 내재된 스파클링 와인의 경우는 공기와 닿는 면이 넓으면 넓을수록 김이 빨리 빠지니 지름이 좁은 형태가 많다. 하지만 고급 샴페인의 경우 너무 잔의 지름이 좁으면 그건 그거대로 또 향이 제대로 피어나지 못한다고 여겨 적당히 절충한 샴페인 잔도 있다.

브랜드별로 각자 주장하는 과학적 근거와 그를 받아들이는 취향 선택의 영역이 분명히 공존하는 것이 와인 잔이다. 그래서 기본적인 기능성 디자인의 형태는 존재하되 그 안에서 디자이너는 다양한 최적의 곡선미를 계속해서 그려 내고 있다. 그리고 우리는 매번 새롭게 나오는 와인 잔을 보며 지갑을 열었다 닫기를 반복하게 된다. 블로그에 18종의 와인 잔 브랜드*를 소개할 만큼 잔에 관심이 많지만, 그중에서도 내가 특히 좋아하는 글라스 브랜드는 시도니오스Sydonios와 쇼토쿠 글라스Shotoku Glass다. (쇼토쿠 글라스는 우스하리Usuhari 라인업이 유명한데 와인 잔 보다는 사케나 맥주잔으로 더 많이 사용해서 여기서는 일단 제외하려 한다) 리델과 달리 시도니오스는 와인 잔의 전체적인 곡선도 풍만하고 뭔가 탄력적인 아름다움이 있다는 느낌인데, 그보다 잔의 두께와 무게가 상당히 얇고 가벼워서 처음 들었을 땐 와인을 담은 채 잔을 돌리기가 불안할 정도로 첫인상이 깊었다. 궁금해서 직접 재

본 시도니오스스의 앙쁘랑뜨라는 샴페인 잔은 무게가 고작 약 84g 정도였다. 왠지 잔에 담긴 액체의 무게에 원심력이 더해지는 것을 이겨 내지 못하고 스템이 똑 하고 부러질 것만 같은 두려움 말이다. 실제로 와인을 과하게 담고 스월링하다 깨 먹었다는 후기가 있긴 한 거 보니 적당량을 넘기는 것은 좋지 않은 듯하다.

이쯤 하면 보통 이 질문이 나온다.

"그 비싼 와인 잔에 마시면 와인이 좀 다른가요? 진짜 더 맛있나요?"

차이는 분명히 있다. 다만 딸기 맛 와인이 갑자기 두리안 맛 와인으로 변하는 그런 차이는 아니다. 와인을 더 멋스러우면서도 맛깔나게 즐길 수 있게 해 주는 차이라고 하는 게 맞을 것 같다.

"아, 뭐야. 없어도 그만이네. 어디서 보니 종이컵에다도 마시더구먼."

맞다. 와인을 반드시 비싼 크리스털 유리 와인 잔에 마셔야 한다는 법은 없다. 종이컵에 마셔도 되고 머그컵도 된다. 하지만 스타벅스의 종이 빨대가 논란 속 도입되었을 때 커피에서 종이 맛 난다고 싫어하는 사람이 있었듯이 와인의 맛에 가장 영향을 주지 않으면서도 투명한 아름다움을 유지할 수 있는 소재가 유리일 뿐이다. 그리고 얇은 두께는 입에 닿았을 때의 감각에 좀 더 섬세한 느낌을 더해 주고, 적정 시음 온도로 낮춰진 와인이 잔에 온도를 덜 빼앗기는 미세한 효과도 누릴 수 있다. 또한, 앞서 이야기했듯 일부 품종이나 빈티지 특성상 산소와의 접촉면이 넓거나 좁으면 발향 및 집향에 유 · 불리한 경우가 분명히 있다. 그러면서도 SNS에 자랑할 만한 눈길을 끌 디자인에 위의 모든 조건까지도 충족하는 그런 와인 잔이라면, 와인이 더 맛있어지는 일도 가히 거짓은 아닐 테다.

그래서 나를 포함한 많은 와인 애호가는 와인을 마실 일이 생길 때, 모임 장소에서 외부 주류를 들고 가서 마실 수 있는 콜키지 서비스를 제공하는지, 여부 외에도 잔이 제공되는지, 어떤 잔인지, 인당 몇 개까지 주는지까지 확인하기도 한다.

보통 식당이 와인에 진심인 곳이 아니면 인당 1잔 정도가 한계라 대부분 본인 잔을 지참하고 모임에 참석하는 경우가 많다. 와인에 개인 잔까지 들고 오다니 그것참 번거롭기 그지없는 모임 아닌가 싶지만 이게 실제 겪어 보면 와인 잔 포기가 잘 안된다. 게다가 만약 여러 와인을 동시에 비교 시음하는 개념의 모임이다? 그럼 잔을 순차적으로 비우면서 마시는 것이 아닌 동시에 여러 잔을 깔아 놓고 마셔야 한다. 필요한 잔의 수가 비교하고자 하는 와인의 수에 비례하여 증가한다. 어지간한 식당에서는 이렇게 대응해 주지 않는다. (돈 내면 해 주겠지?) 이 때문에 아예 6잔짜리 세트 상품을 처음부터 사거나, 잔을 담을 수 있는 별도의 완충 가방을 제작해서 넣고 다니는 사람도 있다. 나도 그중에 한 명이고….

잔은 한번 사면 깨 먹기 전까지는 반복적으로 사용하는 반영구적 도구이니 살 때 좋은 잔을 사는 것도 나쁘지 않다. 그리고 이제는 좋은 잔을 갖춘다는 것이 불필요한 사치라기보다는 내가 선택한 와인을 최선을 다해 음미해 보겠다는 존중의 뜻이자 지금 이 시간을 더 값지게 꾸며 보겠다는 의지이기도 하다. 그러니 앞서 나온

"그런 데다가 마시면 와인이 더 맛있나?"

이 질문에 나의 답은 예상하겠지만 이렇다.

"네, 더 맛있어(져)요."

*18종 와인 잔 브랜드: 조세핀, 리델, 지허, 시도니오스, 잘토, 슈피겔, 쇼트즈위젤, 이첸도르프, 쉐프앤소믈리에, 소피앤왈드, 마크토마스, 기무라글라스, 자페라노, 가브리엘글라스, 제놀로지쏨, 레만글라스, 그라슬그라스, 로브마이어

처음엔 조금 유난스럽기도 해 보이고 불편하기도 했다.
하지만 이제는 내 잔을 들고 다니는 일이 어색하지 않을 만큼 와인이 좋아졌다.

떼루아?
그게 뭐죠?

와인 클래스나 기초 서적에서 한 번쯤… 아니, 여러 번 들었을 단어 '떼루아'. 좀 더 원어민처럼 우아하게 발음해 보려면 '떼후아Terroir'라고 살짝 혀뿌리 쪽에서 가래를 긁어모을 때의 소리를 'ㅎ'의 시작 음에 얹으면 된다. 이 단어는 단순히 포도나무를 심은 땅을 넘어서 하늘의 날씨까지, 아니, 어찌 보면 사람까지도 아우르는 총체적이면서도 근본적인 모든 구성 요소를 지칭하는 말이다. 뭔가 있어 보일지 모르겠지만 주로 땅과 농사에 밀접한 이야기다. 요즘도 편식하거나 식사를 남기는 어린아이에게 훈육의 목적으로 "너 이렇게 남기면 지옥 가서 남긴 거 비벼 먹는다.", "피땀 흘려 농부 아저씨들이 기른 쌀을 이렇게 버리면 안 된다."라는 이야기를 해 주는지 모르겠다. 이걸 살짝 바꿔 말해 보면 "너 이렇게 남기면 지옥 가서 그동안 남긴 와인들 다 섞어 마신다."와 "피땀 흘려 농부 아저씨들이 기른 포도를 이렇게 남기면 안 된다."라고 할 수 있지 않을까?

그만큼 와인은 떼루아를 중요하게 생각한다. "땅과 하늘 그리고 사람이 모두 어우러져 조화를 이루는 것. 그것이 좋은 와인을 만드는 떼루아입니다."라는 말을 간혹 들어 보았을지 모르겠다. 들어 봤다고 해도 구체적으로 무슨 말인지는 막상 농사나 양조 단계까지 공부한 사람이 아니면 그저 '아, 그런가 보다.' 하고 넘어가게 된다. 나도 와인을 애정하기 시작하면서 좀 더 이해하려는 노력을 하지 않았다면 여전히 "어~ 그래. 떼루아 중요하지. 그 동네 떼루아가 좋대!" 정도로만 말하고 그쳤을 것이다. 하지만 와인을 알면 알수록 단순한 평가를 넘어 와인이 만들어지는 자연의 이해나 생산자의 고충까지도 가늠해 보고자 하는 마음이 점점 더 생긴다.

떼루아와 관련된 몇 가지 구체적인 예를 풀어 보자면 이런 거다. 포도밭이 경사면에 있으면 좋다. 포도나무는 땅에 물이 고여 있는 걸 싫어하는데 땅이 경사져 있으면 물이 낮은 지면으로 잘 흘러내리기 때문에 배수에 도움이 된다. 그래서 부르고뉴Bourgogne의 값비싼 와인의 밭은 모두 경사면에 있다. 그렇다면 경사면의 가장 꼭대기에 있는 밭이 제일 비쌀 것 같지만 그렇지 않다. 제일 아래도 아니고 중간쯤 있는 밭이 가장 좋은 밭이다. 왜냐하면 제일 높으면 물이 빨리 내려가서 땅에 머금어 있을 시간이 부족하고, 제일 아래는 물이 너무 많이 머물러 포도나무에 각종 질병 등 좋지 않은 영향을 줄 수 있기 때문이다.

다음은 마치 우리가 살 집을 고를 때처럼 밭도 동서남북 향을 따진다. 옛 어른들이 말씀하시듯 서향집은 고르는 것이 아니라고 했다. 포도밭도 그렇다. 서향은 아침엔 춥고 해지기 전 오후는 뜨겁다. 극심한 온도 변화를 싫어하는 품종에는 아주 취약이다. 햇빛이 부족하므로 포도알이 충분히 익지 못해 당도는 떨어지고 산도는 지나치게 높을 수 있다. 동향은 아침 일찍부터 해를 맞이하여 밤새 맺힌 이슬을 말려 주고 이는 곰팡이나 다른 질병을 막아 주는 효과를 준다. 남향은 가장 긴 해와 열기를 받을 수 있고, 북풍의 시원한 바람에 도움을 받을 수도 있다. 이런 걸 보면 사람이 싫은 건 포도나무도 싫어하는 것 같다.

비, 바람, 우박, 서리와 같은 자연현상은 과하면 인간에게도 피해를 주듯 포도에도 곤란한 일이 된다. 비가 많이 오면 포도가 맛이 없어지고 알만 커진다. 습도가 올라가니 곰팡이 병균 피해의 가능성도 커진다. 바람이 세게 부는 동네는 알이 떨어져 생산량이 줄거나 포도 잎이 상해 광합성을 잘하기 힘들어질 수 있다. 프랑스의 론Rhône 지방은 미스트랄Mistral이라는 북풍이 굉장히 강한 것으로 유명한데 심할 때는 시속 100km급으로 바람이 불어 포도는 물론 사람에게도 위험할 정도다. 이 피해를 조금이라도 줄이기 위해 포도나무를 튼튼한 막대에 묶어 두거나, 평지를 피해 경사면에 심는다. 상대적으로 북쪽에 위치해 좀 서늘한 지역인 부르고뉴의 봄 서리는 또 어떤가. 생명력을 가득 품고 피어나야 할 봄 새싹에게 서리는 회초리를 들고 기다리는 잔뜩 화가 난 호랑이 선생님 같다. (아, 요즘은 없지. 회초리) 이때 서리피해를 줄이기 위해 인간은 포도나무를 위한 온풍기도 틀어 주고, 드럼통에 장작을 태워 가며 불도 쬐어 주고, 이마저도 안 되면 차라리 물을 뿌려 얼음 막을 둘러 주는 등 별짓을 다 한다. 우리도 너무 추우면 밖에 나갈 때 핫팩 챙겨 나가듯 포도나무에도 똑같이 해 준다. 차이가 있다면 우리는 감기나 얼마간 걸리고 말겠지만, 포도나무는 봄 서리를 이겨 내지 못하면 그 해 아예 포도가 열리지 않는다. 그 나무에서만큼은 1년 농사 통째로 날리는 것이며, 와인의 빈티지Vintage; 수확의 해라는 것을 따지는 이유 중 하나가 된다.

"작년 농사가 서리피해로 망했대요. 그래서 수확량이 절반 이하로 줄어서 와인 출하량도 엄청나게 줄었다고 하더군요."

우리는 관심이 없지만 봄 서리피해가 빈번한 곳에서는 포도밭에 농부들이 밤새 드럼통에 불을 활활 태워 가며 포도나무가 얼지 않게 하는 광경이 심심찮게 해외 와인 뉴스로 올라오는 것을 볼 수 있다. 이것은 자연의 섭리로부터 포도를 지키려는 인간의 억지스럽지만 눈물겨운 노력이다.

그리고 "강 옆에 있는 포도밭은 좋은 밭."이라는 말이 있다. 일반적으로 '물을 끌어다 쓰기 좋아서?'라고 추리를 해 보겠지만, 프랑스는 인위적으로 물을 밭에 공급하는 관개 작업이 법으로 금지되어 있다. 정말 까다롭게도 진짜 자연이 주는 물만으로 농사를 지으란 소리다. 예외적 극심한 가뭄의 경우에만 당국의 특별 허가에 따라 관개 가능 그보다는 강이나 호수가 밭 근처에 있으면 반사되는 빛이나 물이 머금고 있는 열기의 혜택을 인접 밭이 누릴 수 있다는 점이 크다. 이 열기 덕분에 약 1~2도 정도 상승효과를 볼 수 있다니 서늘한 동네의 포도 입장에서는 아주 큰 도움이 될 수 있다. 왜냐하면 포도는 20~30도 사이에서 잘 익는데 바꿔 이야기하면 20도 미만과 30도 초과의 기온에서는 포도 잎이 광합성이니 뭐니 슬슬 다 파업을 해버려 포도의 성장에 지장을 초래하게 된다. 여기서 한 가지, 너무 추우면 어니까 안 되는 건 쉽게 이해가 된다. 그런데 반대로 햇빛이 강하고 뜨거우면 성장이 과하게 될 것 같지만 그 반대다. 일정 온도 이상을 넘어가 버리면 오히려 포도알이 익지 않고, 결과에서 풋내가 날 수 있다. 뭐든 적당한 것이 좋다. 사람도 포도도.

다음은 토양에까지 관심을 가져 봐야 한다. 예를 들어서

지면에 가까운 층의 경우 흙에 점토가 많은가, 아니면 모래나 자갈이 많은가 같은 것이다. 점토층은 밀도가 높은 구조체로 공기가 적어 천천히 온도 변화가 일어난다. 모래나 자갈은 공기층이 많아서 온도 변화가 빠르게 일어난다. 이러한 토양의 특징은 빨리 익거나 늦게 익는 포도 품종의 특징과 궁합을 맞춰볼 수 있다. 또, 공룡이 뛰놀던 고대 때부터 발생한 지층의 융기와 침식, 퇴적의 역사도 눈여겨볼 필요가 있다. 정부에서는 지질학적으로 어떤 토양층이 이 포도밭 아래에 섞여 있는지 조사를 한다. 땅속 깊게 내려간 나무뿌리를 통해 궁극적으로 포도알까지 미치는 영향을 고려하기 때문에 지층에 대한 이해는 중요하다.

대표적으로 샴페인을 만드는 샹파뉴 지방은 산미와 미네랄리티가 특징으로 여겨지는 하얀색 석회질 토양임을 매우 강조한다. 이런 복합적인 토양층에 깊게 뿌리내려서 다양한 에너지를 열매에 전달해 주길 바라는 목적으로 포도나무에 고의로 물 스트레스를 주면서 기르기도 한다. 나무는 물이 부족하면 뿌리를 더 깊게 내린다 너무 많은 열매에 에너지가 분산되는 것을 막으려고 일부러 가지에 맺히는 송이의 수를 제한하는 그린 하베스트Green harvest 농법도 있다. 저가의 대량생산이 목표인 와인은 포도 생산량이 많은 것이 최우선으로 좋지만, 소량의 고퀄리티가 목표인 와인은 나무의 생산량을 조절해서라도 소수의 포도 열매에 에너지를 집중시키는 방법도 고려하는 것이다. 양도 많고 질도 좋으면 좋겠지만 그런 이상적인 결과는 늘 그렇듯 얻기 힘든 경우가 훨씬 더 많다. 그러기에 선택과 집중은 인간 사회에서만 통용되는 말이 아니다.

땅에 제초제나 화학비료 등을 전혀 사용하지 않는 것을 넘어서 각종 미생물과 벌레, 포도나무가 아닌 식물까지 제거하지 않는 생산자도 있다. 오히려 함께 있어 줘야 장기적으로 토양을 건강하게 유지할 수 있고, 또 그래야만 포도나무가 진정한 떼루아를 표현할 수 있다는 믿음으로 밭을 관리하는 것이다. 땅을 깊게 손상시키며 파헤치는 기계의 도움 없이 동물로 꼭 필요한 만큼만 밭을 일구고, 역시 기계가 아닌 굳이 사람이 바구니를 짊어지고 손으로 한 송이 한 송이 수확해 내는 작업은 모두 비슷한 철학과 목적에서 비롯된다.

다만, 이런 일반적인 교과서적 사실은 각 나라의 개별적인 기후, 해발고도, 위도, 생산자의 스타일, 자본 규모, 품종 등에 의해 달라질 수 있다. 이마저도 점차 변화하는 지구의 이상기온 덕에 인간의 노력이 힘에 부치고 있는 부분도 많다고 한다. 이쯤 되면 대충 편하게 와인을 즐기려는 사람에게는 좀 과하게 상세한 이야기들이 아닌가 싶을 수도 있다. 왠지 슬쩍 약 파는 소리 같기도 하고. 일본산 와사비인지, 미국산 고추냉이인지 구분하는 것도 귀찮은데 내가 마실 와인의 포도나무가 심어진 곳의 밭, 기후, 토질까지 봐야 한다는 거냐고 충분히 불평할 수 있다고도 생각한다.

늘 그렇듯 당연히 몰라도 된다.

우리가 언제 유기농 농산물 먹을 때 모든 것을 세세하게 따지고 들던가. 잘 몰라도 우리 눈앞에 놓인 와인은 여전히 와인일 것이다. 하지만 모든 문화가 그렇듯 알면 알수록 보이고, 이는 이야기로 이어지고, 결국 사람과의 소통에 도움이 된다는 점이 굳이 이렇게까지 알아봐야 할 일종의 작은 이유라면 이유가 되겠다. 여기에 왜 이 와인이 이렇게 비싼지, 혹은 저렴한지 납득하고 가늠할 수 있는 눈이 생기는 것은 또 다른 부수적인 이득이다. 나와 우리의 입에 들어가는 음식이니 누가 어떻게 만들었는지 알면 그 또한 흥미롭고 좋은 일일 테고.

와인은 워낙 생산자가 많으니 다 알기 어렵다. 그래도 라면으로 따지면 오뚜기, 농심, 삼양의 특징을 나름대로 인지하고 골라서 먹는 것처럼 같은 와인 생산자의 와인도 한 번 두 번 자주 만나게 되면 조금씩 뭐 하는 곳인지 알게 된다. 이 와인 메이커는 뭘 만들고 싶어 하는지, 농사 철학은 어떤지, 어떤 점에서 어려움을 겪고 있는지 등 말이다. 활발히 소통 활동하는 곳들은 인스타나 블로그를 통해서 자신의 애환을 공유하고 있다. 와인에 대해 궁금한 점을 DM으로 보내면 친절하게 홈페이지에 없는 내용까지 잘 알려 주기도 한다. 한번은 독일의 한 생산자에게 와인에 대한 테크 시트Technical sheet; 해당 와인의 토양, 품종, 성분, 양조 방식 등의 자세한 정보를 담은 문서를 요청하다 엉뚱한 질문을 한 적이 있었는데도 재밌게 대답해 준 대화도 있었다.

"너는 독일 생산자인데 왜 불어를, 그것도 Chat Sauvage

야생 고양이; wild cat라는 이름을 쓴 거야? 고양이와 관련된 내용은 어디에도 없던데?"

"아, 그건 창업자가 프랑스식 와이너리 이름을 고민하던 때, 하루는 와이프가 손녀들이 마당에서 노는 걸 보고 마치 들고양이같이 뛰어논다고 한 말 때문이야. 거기서 영감을 받아서 와이너리 이름을 지었지."

이런 이야기는 인터넷에 잘 없어서 직접 듣는 재미가 있다. 그래서 한국에 방문한 오너 생산자를 만날 기회가 있을 때마다 이것저것 물어보는 편이다. 한번은 스페인의 한 생산자에게 오가닉 농법 중 한 가지를 자세하게 물어봤다가 20분 동안 서서 내리 설명을 들었던 걸 생각하면 조금 자제해야 하나 싶기도 하다. (농담)

지금까지의 떼루아에 관한 이야기를 요약해 보자면 땅에서부터 하늘 그리고 사람까지, 결국 자연의 섭리를 이해하는 방향이 썩 나쁘지 않은 길인 것 같다. 산지에 관한 관심이 생기면 와인은 단순히 알코올 액체 그 자체의 소비로만 이야기가 끝나지 않게 된다. 물론 그럴지 말지 선택은 우리가 한다. 거창하게 자연의 섭리 운운하지 않더라도 자신이 선택한 한 와인에 대해 운을 띄울 때 '떼루아'라는 것은 좋은 시작점이 될 수 있다. 우리 앞에 놓인 당장의 이 와인이 탄생한 환경을 떠올려 볼 수 있다면 아마도 조금은 더 기특해 보이지 않을까 싶고, 여기에 우리 자신의 이야기를 덧붙여 나가는 데에도 많은 도움이 될 것이다.

어떤 생산자는 진정한 떼루아를 표현하기 위해
와인에 필터 또는 청징 과정을 거치지 않는다.
양조 과정에서 자연스럽게 나오는 모든 것이
떼루아의 구성 요소라고 생각하기 때문이다.
이런 침전물은 함께 마셔도 괜찮지만,
혹 미관상 또는 식감에 민감한 사람이라면 디캔터를 사용하거나
바닥에 가라앉혀서 천천히 와인을 따르면 된다.

와인숍 사장도 직구 해요

나는 보통 특별한 목적이 있을 때 와인 직구를 한다. 직구라 함은 국내에 정식으로 수입사를 통해 식약처의 식품 검사 및 세금 처리 후 통관되어 정식 판매 허가를 받아 유통되는 와인이 아닌, 개인이 직접 소비할 목적으로 해외에서 구입하여 한국으로 배송시키는 것을 말한다. 나 역시 보통 어떤 특정 해의 와인이 꼭 필요하다거나, 국내에서 쉽게 보기 어려운 와인일 경우 직구를 해 볼지 고민하곤 한다. 와인이라고 해서 방법이 의류나 비타민 같은 여타 상품군과 크게 다르지는 않다. 해외 와인숍이 한국까지 국제 배송을 직접 해 줄 수도 있고, 그렇지 않을 경우는 배대지배송대행업체를 써서 한 다리 건너 수수료를 내고 배송을 보내면 된다. 와인 역시 구매 대행 서비스도 있으니, 직구의 방법이 어렵거나 희귀한 것은 아니다.

가장 의미 있게 직구 했던 것은 1980년 빈티지의 보르도Bordeaux 와인이다. 당시 여자친구인 E에게 어떤 와인을 마셔 보고 싶냐고 물으면 늘 답으로 나왔던 와인 중 하나라 기념일에 써프라이즈를 해 주고 싶어서 해외 와인숍 곳곳을 호시탐탐 노려보던 차였다. 국내에서 구하려면 누군가 갖고 있는 것을 개인 간 거래하거나, 혹은 크고 오래된 와인 전문점에 가서 문의해 볼 수밖에 없는데 그렇게 수소문하기가 오히려 더 어려웠다. 수입사에는 당연히 남아 있을 리가 없고. 어느 날 저 와인이 한 병 막 입고되었다는 소식을 평소 눈여겨보던 해외 와인숍에서 보고는 심사숙고에 들어가게 되었다. 우선 조금 미안한 말이지만 와인의 빈티지가 조금 늙… (아, 아닙니다…) 내공이 조금 있는 관계로 보관 상태를 여러모로 확인해 보는 것이 필요했다. 예를 들어서 병 입구를 덮고 있는 호일의 상태를 먼저 본다면, 와인이 호일 아래로 넘쳐흐른 자국은 없는지, 호일이 과하게 벗겨져 있지는 않은지를 본다. 그리고 병 속 와인의 양이 세월 대비 너무 과하게 증발했는지를 본다. 이를 얼리쥐Ullage라고도 하는데 병을 세웠을 때 와인의 높이가 어디까지 오는지를 보고 상태를 파악하는 것이다. 오래된 빈티지와 자연 코르크가 산소를 100% 차단하지 못한다는 사실을 고려했을 때 당연히 새 와인보다는 양이 줄어든 것이 정상이나, 남은 와인의 잔여량이 지나치게 적다면얼리쥐가 너무 낮다면 뭔가 문제가 있을 확률이 높다고 판단하고 구입을 보류하는 것이 좋다는 말이다.

다음으로는 와인의 얼굴인 라벨의 손상 여부도 본다. 맛도 맛이지만 무슨 와인인지는 알아볼 수 있어야 하거니와, 또 추억을 남길 수 있도록 사진도 예쁘게 찍을 수 있어야 하지 않겠는가. 라벨은 와인 자체의 퀄리티에 영향을 직접적으로 미치는 요소는 아니지만 라벨에 곰팡이가 핀 자국이 있거나, 빛에 바랬다거나 등의 과한 손상 여부가 식별 가능하다면 수십 년 혹은 그사이의 일부 기간에 와인 보관 상태나 환경에 문제가 있었다고 유추해 볼 수도 있겠다. 왜냐하면 이 와인이 한 명의 소유자에 의해 쭉 같은 곳에서 보관되었다는 보장이 없으므로 와인숍의 명성이나 그간의 리뷰 또한 충분히 고려할 만한 요소다. 추가로 숍 자체의 전문적인 검수를 통해 문제가 없음을 어느 정도 확인은 하는지, 배송은 문제없이 이뤄지는지, 각종 서류 작업이나 요청에 협조적인지, 포장은 꼼꼼하고 파손의 위험이 적은지 등도 함께 보면 좋다. 믿을 만한 곳은 위의 정보를 가감 없이 공개하고, 이슈가 있으면 그에 상응하는 할인을 제시한다. 그에 따른 감수는 이제 소비자인 내가 하게 되는 셈이다.

실제로 구입을 원하면 와인숍에 문의도 해 볼 수 있다. 나 같은 경우는 아무래도 이 와인이 개인적으로 의미 있는 중요한 직구 대상이기 때문에 추가적인 사진을 요청했다. 고맙게도 이메일로 새로 찍은 사진을 보내 주었고 이는 나의 판단에 많은 도움이 되었다. 이제 상품 확인도 했겠다, 현지의 가격도 확인했겠다, 약간의 계산을 해 볼 차례다. 바로 세금이다. 우리나라와 FTA 협정이 맺어진 나라에서 와인을 살 때 그 나라에서 만들어진 와인이 그 나라에서 출발하면 세금이 일부 면제된다. 만약 '메이드 인 프랑스' 와인을 미국 와인숍에서 한국으로 보내면 혜택을 받을 수 없다. 가격이 저렴하지 않으니 합법적 절세는 필수다.

직구에 푹 빠진 사람은 한 병이 아닌 수십 병을 사기도 하니 그런 경우는 배송비도 꽤 고려해야 할 대상이 된다. 아무래도 국제 배송이고, 파손의 위험이 있는 제품이라 최소한의 보상을 위한 보험까지도 으레 들게 된다. 마지막으로 직구에는 계절마저도 영향을 미칠 수 있다. 와인이 급격한 온도변화에 취약한 주류이다 보니 한여름 또는 한겨울에는 직구를 자제하는 편이 좋다는 것이다. 유럽에서 장시간에 걸쳐 건너오는 이 시기가 아주 무더운 한여름이라면 냉장 컨테이너로 오는 것이 아닌 이상에야 악영향을 받을 가능성이 커지기 때문이다. 실제로 와인이 호일 안쪽에서 새어 나온 자국이나 와인을 오픈했을 때 코르크 바닥만이 아닌 전체가 와인에 적셔져 있는 상태를 보게 될 수도 있다. 그래서 어떤 와인숍은 일정 기간에는 와인 배송을 아예 하지 않거나, 배송 상자 안에 아이스팩 처리를 유료 옵션으로 제공하기도 한다.

생각보다 신경 쓸 것도 많고 번거로운 일이 될 수 있겠으나 정확히 원하는 와인의 원하는 빈티지를 구하는 데에는 왕도가 딱히 없는 것 같다. 발품을 열심히 팔고 무사히 오길 바라는 마음으로 기도하는 수밖에. 아무튼 그렇게 무사히 손에 넣게 된 그 198○년의 보르도 와인은 나 같은 아마추어의 손길보다 훨씬 숙련되고 믿을 만한 전문 소믈리에가 오픈하고 핸들링해 주기를 바랐다. 이런 오래된 와인의 코르크는 매우 연약해져 있을 가능성이 높으므로 일반 코르크 오프너가 아닌 아소Ah-so 오프너라는 특수한 도구를 쓰는 편이 낫기 때문이다. 일반 오프너는 잘 알다시피 스크류로 코르크 가운데를 파고들어 지렛대의 힘을 빌려 꺼내는 방식이다. 아소는 연약해진 코르크 내부를 파고들면 부서질 것을 염려하여 코르크 가장자리에 얇은 쇠판을 양 끝으로 끼워 넣어 코르크에 손상 없이 통째로 집어 들어 올리는 개념이라고 보면 된다. 이 둘을 혼합한 제품도 존재한다.

나는 이 와인을 멋지게 마실 장소를 위해 서울에 있는 T 레스토랑을 나름대로 고심 끝에 예약했다. 더 공을 들인다면 미리 레스토랑에 따로 와인을 들고 방문하여 그곳에서 안정시킬 시간을 주는 것도 보다 더 완벽한 시음을 위한 방법이겠지만, 삶이 팍팍하여 그렇게까지는 하지 못하였다. 장기 숙성된 와인은 침전물이 생길 수 있다 공들여 직구한 와인일수록 전문가의 손에 의해 열리는 그 과정을 눈앞에서 바라보는 일은 굉장히 긴장되고 흥미로운 일이다. 특히 오래된 와인 오픈에 실패해 본 경험이 있는 사람일수록 그렇다.

뚫어져라 쳐다보는 우리 두 사람의 눈 때문에 소믈리에분이 조금 부담스러워할지도 모르겠다는 생각이 잠깐 들었지만, 이 순간을 놓치고 싶지 않았다. 아직 이 와인의 상태와 음용 가능 여부는 알기 전이기 때문에 사실상 제2의 탄생을 지켜보는 것이나 다름없으니까. 만약 오픈 과정에서 코르크가 부러지거나 하는 불상사가 생긴다면 꽤 번거롭게 된다. 미처 빼내지 못한 나머지 코르크 조각을 병으로 밀어 넣고, 그 과정에서 떨어져 나온 부스러기 등을 와인으로부터 분리하기 위한 다른 과정을 추가해야 하기 때문이다. 그런 일 따윈 용납할 수 없다는 일념이 느껴지듯 아주 느리지만 답답하지 않은 섬세한 손길로 코르크는 온전히 뽑혀 나왔다. 소믈리에분이 와인과 닿았던 코르크 한쪽 면의 향을 가볍게 맡고 주저 없이 내려놓았다. 마치 주름이 많아진 인간처럼 세월의 흔적이 보이는 코르크의 외관이 눈에 들어왔다. 이어서 수십 년간 갇혀 있었던 와인이 투명한 유리잔 속에서 모습을 드러냈다. 무대에 오르기 전 오랜 시간 동안 공들여 모든 준비를 마친 베테랑 배우처럼 막상 올라오니 그 행보가 거침이 없었다. 짧은 순간이지만 잔에서 피어오르는 향이 아지랑이처럼 눈에 보이는 듯한 착각까지 일었다.

그래서 '그 와인이 완벽했는가?'라는 질문은 지극히 상대적이고 주관적이다. 우리에게 전달된 경험이 즐거웠다면 그것은 비록 최적의 시음 적기가 아닐지더라도 최고의 기억으로 남을 수 있으니까. 최고의 와인 브랜드이거나 초고가의 값비싼 와인이 아니어도 된다. 몇 년이 지난 지금 여자친구이자 아내가 된 E에게 어떤 와인이 제일 맛있었냐고 물으면 저 날의 보르도 와인을 손에 꼽는다. 양손의 엄지를 힘차게 세우면서. 그리고 그 와인병과 코르크는 집 한편에 고스란히 놓여 있다. 자신의 지나온 세월에 그날 우리의 기억을 더한 모습으로.

와인 직구. 이 정도면 와인숍 사장일지라도 할 이유가 충분하지 않을까?

마지막 임무를 마치고 이제는 쉬겠다는 표정이 보이는 듯하다.
물론 우리가 음미하는 것은 와인이지만,
이 코르크도 한 번쯤 주목받을 가치가 있다.

그래서
좋아하는 와인은?

와인과 관련된 모임에서 만난 사람과 시작된 대화의 끝은 결국 이 질문으로 귀결된다.

"그래서 무슨 와인을 제일 좋아하세요?"

MBTI보다 더 궁금한 것. 그것은 당신의 와인 취향을 아는 일이기에 물어보지 않고는 배길 수가 없는 사람이 바로 이 와인 애호가들이다. 다양한 와인 모임에 참석해 보았지만 신기하리만큼 대부분 서로에 대한 개인적인 질문은 잘 하지 않게 된다. 오히려 와인 취향에 대해 집요하게 파고들며 토론과 공감을 통해 상대를 이해하려는 사람이 더 많았다.

아직 자신의 취향을 미처 찾지 못한 사람부터 어떤 특정 품종이나 나라에 푹 빠져 다른 것들은 눈에 들어오지 않는 사람, 뭐든지 마실 때마다 반해 버리는 금사빠까지 와인을 대하는 사람의 자세는 각양각색이다. 그래서 그런지 몇 번을 만나다 보면 그들을 외모나 직업과 같은 사회적 힌트로 기억하는 것이 아닌 '샴페인에 미친 자aka 샴친자', '줄기stem 성애자', '미국 와인 싫어하는 사람', '주는 대로 마시는 사람', '박애주의자', '올빈이 최고라 생각하는 사람' 등등 이런 다소 이상한(?) 요소를 이미지화하여 상대를 기억하게 된다. 아마 와인 모임에서 만난 상대도 나를 어떻게 기억할지 모르겠지만 와인에 빗대어 기억하고 있을 확률이 높다.

본론으로 들어가 좋아하는 와인을 말하기에 앞서 우선 내가 좋아하는 와인의 정확하고 구체적인 이름을 쓰지는 않으려고 한다. 대신에 더욱 보편적인 접근과 이해를 위해 품종을 고르고 싶다. 품종이라고 하면 당장은 더 어려워할 수도 있는데 '오렌지', '천혜향', '레드향', '감귤' 같이 그저 조금씩 다른 친척이라고 생각하면 편하다. 자주 와인을 마시다 보면 익숙해질 보통명사라 오히려 외우기 어려운 긴 와인 이름보다 낫다고 생각했다. 나는 가장 자주 마시는 와인으로는 샤도네이Chardonnay, 피노 누아Pinot noir 품종이 있고 상대적으로 빈도는 낮은 편이지만 리슬링Riesling, 네비올로Nebbiolo와 슈냉 블랑Chenin blanc도 무척 좋아한다. 물론, 단일 품종 100%만으로 만들어 낸 와인 외에 여러 가지 품종이 섞인 블렌딩 와인도 멋진 와인들이 많고, 그의 일환으로 샴페인 또한 사랑한다.

첫 번째로 샤도네이는 어찌 보면 전 세계 어지간한 와인 생산국에서는 다 키우는 흔한 청포도 품종일 수 있다. 하지만 생산자의 의도와 철학에 따라 삐죽삐죽 새초롬할 수도, 기름이 줄줄 흘러내릴 것 같은 느끼함을 담아낼 수도 있는 녀석이다. 그래서 단순하게 '샤도네이 좋아합니다.'라고 말했을 때 어떤 스타일을 말하는지까지는 알 수가 없어서 좀 더 자세히 풀어 설명할 필요성이 생긴다.

잠깐 든 생각인데, 와인을 가리는 것은 내가 사람을 가리는 것과 상당히 비슷하다. 한 가지 신념이 너무 강하거나 외

골수 같은 사람에게도 분명 장점이 있으리라는 믿음으로 대하다가도 그것이 지속될 때 점차 멀리하게 되는 것과 같다. 와인도 개성이 강렬한 경우 그것에 혹하여 한동안 취해 보지만 오래가지 못하는 경우가 대부분이다. 다시 샤도네이로 돌아가 보자. 방금 이야기했듯 같은 샤도네이라도 바닐라와 버터 풍미가 진해서 이게 포도로 만든 와인인지 버터로 만든 와인인지 알기 힘든 그런 샤도네이도 있고, 다소 아쉬울 정도로 너무 청사과나 레몬과 같은 푸릇푸릇한 과실미만 도드라지게 느껴지는 낭창낭창한 샤도네이도 있다. 너무 극단적인 비교 예시를 들긴 했지만 같은 품종임에도 불구하고 '이렇게까지 서로 다르게 만들어 낼 수 있다.'라는 말이다.

그런 의미에서 굳이 한정적으로 좀 좁혀서 대답을 해 보자면 프랑스, 그중에서도 부르고뉴Bourgogne 꼬뜨 드 본Côte de Beaune 지역의 샤도네이 와인을 선호하며, 알코올 도수가 최대 13도를 넘지 않고, 향은 오크의 터치가 과일을 압도하지 않으면서 미세한 꽃과 허브, 그리고 향신료의 힌트가 은은하게 머무르면 좋겠다. 혀에 닿는 첫인상은 혀를 누르는 무게감을 살짝 완화할 정도로 서늘하면서 유질감은 있는 듯 없는 듯. 그렇게 잠깐 입안에서 머무르는 동안에 볼 안쪽과 혀 뿌리까지 유쾌한 짜릿함을 미뢰 하나하나에 이정표 남기듯 촘촘하게 장악해 주길 바란다. 목 넘김에서는 약간의 씁쓸한 맛과 까끌까끌함으로 질리지 않게 해 줘야 한다. 아쉬움 속에 한 모금을 넘긴 뒤, 거꾸로 내쉬는 날숨에는 다음 잔으로의 이끌림이 잔향으로써 가득하길 바란다.

사람 이상형을 묻는 말에 이렇게 대답했다가는 소개팅이라도 해 주려던 상대방을 절레절레하게 만들 수 있을 것이다. 그러나 확고한 이상형이랍시고 말해 봐야 정작 만나는 사람은 그것과 거리가 있는 경우가 왕왕 있지 않던가. 나도 조금은 과장을 보태 샤도네이에 대한 이상형을 적어 봤지만 항상 저런 친구를 만날 수 있는 것도 아니고, 꼭 저렇지 않더라도 높은 만족감과 호기심을 느낀 경우도 많다.

다음은 피노 누아. 애증의 적포도 품종이다. 현존하는 최고의 와인으로 꼽히며 한 병에 수천만 원의 가격을 호가하는 '로마네 꽁띠Romanée-Conti'라는 와인의 단일 품종이다. 그것도 모자라 이상기후와 원재룟값 상승으로 매년 가파르게 가격이 치솟는 중이다. 어설프게 저렴한 피노 누아는 마시지 않느니만 못하다는 이야기가 나올 정도다. 뭐 하나 적당히 마셔 보려고 해도 나름의 돈이 필요한 와인이라 혼자서 자주 접하기에는 꽤 부담되는 편이다. 아주 간단하게 왜 피노 누아가 다른 품종 대비 좀 더 비싼 취급을 받는지 설명하자면, 품종 자체가 아주 까다롭기 그지없는 놈이기 때문이다. 껍질은 얇고, 일찍 익으며, 서늘한 기후에서만 잘 자란다. 여기에 싹은 하필 또 일찍 나는 품종이라 봄철 서리를 맞으면 그 해 포도가 열리지 않는다. 반대로 온도가 너무 높으면 포도알이 빨리 익어서 산도와 당도의 밸런스가 사정없이 망가지고, 햇빛이 너무 강한 동네는 얇은 포도 껍질이 죄다 타 버린다. 이런 개떡(?) 같은 피노 누아의 유명 산지인 프랑스 부르고뉴의 날씨는 서리피해가 종종 발생하기 때문에 수확량과 품질 유지하는 것이 상대적으로 다른 지역 대비 더 어렵다. 우리나라도 한겨울이 되면 몇몇 농산물의 몇 배에서 심하게는 열 배 이상씩 가격이 폭등하는 것과 비슷하게 이해하면 편할 것 같다. 여기에 추가로 피노 누아에만 국한된 이야기는 아니지만 한국에 정식 수입될 때 통관에 따른 세금약 46~68%, FTA 적용에 따라 다름 덕분에 더욱 비싼 가격으로 살 수밖에 없으니, 직접 해

외에서 피노 누아 와인을 구입하는 소위 '와인 직구족'들이 늘어나는 것이 십분 이해된다.

그나저나 나에게 피노 누아는 좀 평양냉면스러운 면이 있다. 와인을 처음 접했을 땐 나도 말벡Malbec, 쉬라즈Shiraz나 까베르네 소비뇽Cabernet sauvignon과 같은 선이 굵고 강렬한 와인들을 주로 즐겼다. 그러다 어느 날 기억 나지 않는 누군가의 손에 이끌려 값비싼 피노 누아를 만나게 되었는데 그때는 그 매력을 알지 못했다. 그저 '비싸고 까다로운 품종의 와인'이라고만 알고 있었을 뿐, 오히려 첫인상에는 평양냉면을 걸레 빤 물 같다고 생각하는 사람처럼 밍숭맹숭하게 느꼈던 것 같다. 하지만 이제는 자꾸 생각나고 마시고 싶고 가장 많은 영감을 받는 와인이 되었으니 재밌는 일이다. (평양냉면도 너무 좋아한다. 특히 필동면옥이 내 최애다!) 어리고 활발한 피노는 그것대로 생동감과 산지의 특성을 엿보기에 좋고, 병입된 지 수년에서 십여 년 지난 숙성된 피노는 그것대로 세월에 의해 차츰 발현되는 묵은내, 온화해진 질감과 색상으로 나를 생각의 바다에 잠기게 만든다. 물론 비용도 비용이지만 나누고픈 음미의 순간이 보다 더 풍요로우므로 그 어떤 와인보다도 함께 마실 사람을 절실하게 찾게 되는 품종이 피노 누아라 생각한다. 비싸고 좋은 와인일수록 혼자 마시면 왠지 더 쓸쓸하기도 하고.

최근 들어 사랑을 듬뿍 주고 있는 화이트 품종은 리슬링과 슈냉 블랑이다. 리슬링도 오해를 상당히 받는 품종 중 하나라고 생각하는데 그건 바로 '리슬링은 싸고 달달한 와인'이라는 편견의 딱지다. 나도 처음엔 그렇게 알았었다. 저기에 하나 더 추가하자면 '작업주'용으로도 많이 알려졌지만 정작 나는 잘 사용할 일이 없었다…. (응?) 이 품종은 전혀 달지 않은 고급 드라이 화이트 와인부터 달디단 스위트 화이트 와인까지 모두 생산이 가능하다. 무엇보다 혀뿌리를 콕콕 자극하는 높은 산미를 자랑하는 리슬링이기에 어지간한 기름진 음식에 밀리지 않아 참 좋고 가격까지 만만하다. 그래서 재밌게도 우리 집에 반드시 떨어지지 않게 늘 쟁여 놓는 와인은 사실 고급스러운 피노 누아도 우아한 샤도네이도 아닌 외려 리슬링이다. 드라이Dry에서 오프 드라이Off Dry 사이 정도의 아예 달지 않거나 혹은 아주 미약한 단맛과 높은 산미를 가진 리슬링은 유사시 연인과 가정의 평화를 유지하는 긴급 수액 같은 존재라 생각한다.

어디까지나 내 생각이지만 슈냉 블랑은 리슬링과 달리 기묘하면서 트렌디하다는 느낌의 화이트 품종이다. 이 품종 역시 드라이부터 스위트까지 모두 가능한 데다 소위 말하는 '내추럴' 스타일로도 잘 만들어져서 더욱 매력적으로 보이는 듯하다. 생산자에 따라 다르지만 풍성한 꽃과 이국적인 과실향이 보통 잘 드러나고, 시원스럽게 쓸리는 질감으로 목 넘김을 무미건조하지 않게 해 줘 왠지 모를 촉촉함이 마르지 않고 샘솟는다. 가끔은 동치미스럽기까지 한 이런 특성 덕분에 독특하면서도 맛있는 와인을 마시고 싶다거나 임팩트 있는 와인이 필요할 땐 대중적인 샤도네이나 피노 누아 보다 이 슈냉 블랑을 선택하곤 한다. 더욱이 이 슈냉 블랑으로 와인을 만드는 생산자는 소규모 자영업자인 경우가 많아서 그들의 철학과 독자적인 노하우에 따라 각양각색인 편이다. 김 씨네 집된장, 박 씨네 집된장 맛이 다른 것처럼 같은 품종, 같은 동네라도 맛은 얼마든지 달라질 수 있으니 이 슈냉 블랑은 다른 품종보다도 더 맛집 찾는 재미가 쏠쏠한 편이다.

품종으로 나열하자면야 세상엔 정말 많고 다양하겠지만 마지막으로 내가 고를 선호 품종은 이탈리아의 네비올로라는 친구다. 와인을 따라 놓고 언뜻 겉으로 보기에는 피노 누아와 유사해 보이는 유려함이 있지만 그 이면엔 범상치 않은 존재감이 묵직하게 들어앉아 있는 품종이다. 주변의 와인 애호가 중에 최고의 품종을 꼽을 때 피노 누아보다 네비올로를 선택하는 분들도 꽤 있는 것을 보면 이탈리아가 마냥 프랑스에 밀리기만 하는 것은 아닌 것이 분명하다. 나는 이 네비올로가 주는 모순적인 태도에서 상당한 매력을 느끼곤 한다. 와인의 복합미가 어쩌고, 레이어층이 어쩌고, 컬러가 어쩌고의 문제가 아니다. 겉에 보이는 것이 전부가 아님을 비단 인간관계에서만 배우는 것이 아닌 와인에서도 배울 수 있다면, 그건 바로 네비올로로부터가 아닐까 싶을 정도로 섣부른 판단을 하기 어렵다. 그리고 와인에서 어려움을 느낀다면 그것은 곧 매력으로 다가오기 마련이다. "오해해서 미안하고, 더 알고 싶은데 우리 애프터, 삼프터, 오프터까지 가 봐요. 그러지 말고 나 한번 만나 봐요." 너무 비굴한 게 아닌가 싶을 정도로 멋진 네비올로 와인을 만나면 이렇게 저자세가 되어 버린다.

이제 샴페인이다. 거의 모든 와인 책에서 나오는 내용이라 이제는 많은 사람이 너무나 잘 알겠지만 한 번 더 노파심에 말하자면 샴페인은 프랑스 샹파뉴 지방에서 나오는 스파클링 와인만을 샴페인이라 지칭한다. 따라서 나도 여기서 말하는 샴페인은 프랑스 샹파뉴의 스파클링 와인인 '샴페인'이다. 반대로 샹파뉴에서 만드는 비탄산 스틸 와인은 꼬또 샹파누아Côteaux Champenois로 분류된다. 위에 좋아하는 와인들을 이야기했을 때 품종 기준으로 말했었는데 왜 샴페인은 품종으로 접근하지 않냐고 물을 만하다. 이 샴페인 양조에 허용되는 품종은 사실 총 일곱 가지가 있어서 그렇다. 이 중에 현대에 이르러 주로 사용되는 품종은 세 가지샤도네이, 피노 누아, 피노 뫼니에르[Pinot meunier 이며 나머지 4종은 잘 사용되지 않는다. 일부 생산자가 품종의 명맥을 잇기 위해 극소량 재배하는 것으로 알고 있고, 가끔 피노 블랑Pinot blanc이 섞인 샴페인은 볼 수 있다. 보통의 샴페인은 이렇게 청포도 품종인 샤도네이와 적포도 품종인 피노 누아, 피노 뫼니에를 적절히 선택 또는 섞어서 만든다. 청포도인 샤도네이로만 만들면 그건 블랑 드 블랑Blanc De Blancs, 즉 하얀색 포도로 만든 하얀색 와인이라는 뜻이고, 적포도인 피노 누아나 피노 뫼니에로 만들면 블랑 드

누아Blanc De Noirs, 즉 검은색 포도로 만든 하얀 색 와인이라는 뜻이다. 프랑스는 적포도를 흑포도라고 한다 적포도도 껍질을 조심하여 알맹이 즙만 살살 짜내면 하얀색이라 블랑이라 일컫는다. 그래서 샴페인은 품종에 있어서는 위와 같이 취향에 따라 선택이 가능한 길이 더 있는 셈이다. 두세 가지 품종이 골고루 섞인 블렌딩 샴페인과 단일 품종으로만 만들어진 BDB 또는 BDN이다.

샴페인은 언제 누구와 무슨 음식에 마셔도 좋은 친구다. 왜 갑자기 연예인 노홍철 씨가 생각나는지 모르겠지만 실제로 잘 몰라도 만나면 무지 반갑고, 신나고, 내 정신을 쏙 빼놓을 만큼 활력이 넘칠 것 같은 느낌이라 그런가? 기본적으로 프랑스의 오랜 투자 덕이겠지만 고급스러운 이미지와 더불어 내 영혼마저 들어 올려 줄 것 같은 탄산이 있고, 정신을 또렷하게 해 주는 산미는 짜릿하기 그지없다. 또한, 숙성 정도에 따라 깊고 넓은 풍미의 스펙트럼까지 갖출 수 있어서 가벼운 일상 식사에 단순히 활력을 주는 역할부터 중요한 자리에 격을 높여 주는 역할까지 모두 가능하다. 아니, 가능한 정도가 아니라 그 어떤 와인보다도 완벽하게 수행한다. 위에 나열했던 다른 품종들의 훌륭한 스틸 와인에게 조금 미안하지만 특별한 날에는 어김없이 샴페인을 선택하게 된다. 그리고 뭘 마실지 잘 모르겠을 날에도 결국 샴페인을 선택하니 이건 뭐 말 다 했다.

"그래서 좋아하는 와인은?"

이 질문에 답하기 위해서 이만큼의 글을 썼는데도 충분한 답이 되지 않은 것 같아 찝찝함이 남는다. 다시 생각해 봐도 참 어려운 질문이다. 물론 기억에 강렬히 남아 있는 와인들은 나에게도 있지만 그것은 그때의 함께한 사람, 시간, 장소, 음식, 날씨, 온도, 기물, 분위기 등이 총체적으로 어우러져 만들어 낸 하나의 입체적 경험이기에 단순히 와인만 같다고 하여 타인도 동일한 경험을 하리라는 보장은 없다. 다소 두루뭉술한 대답이 되었지만 와인을 계속 즐기다 보면 차곡차곡 하나씩 좋아하는 와인들이 쌓일 테니 걱정일랑 접어 두자.

그런데 와인을 마시고 또 마셔도 정작 해결되지 않은 질문은 따로 있다.

"오늘은 뭐 마시지? 애니 아이디어?"

와인 셀러 앞에서 나를 위한 선택의 시간.
이미 다 값을 치른 내 것이건만,
이 순간 나는 또다시 소비자이자 동시에
나 자신을 설득해야 하는 판매자가 된다.

에필로그

자리에 앉아 모니터에서 깜박이는 커서를 보며 요즘 '어릴 적 글이 술술 나오던 그 시공간으로의 입구를 찾을 수가 없다.'라는 생각을 종종 하게 된다. 어떤 곳인지 묘사해 보자면, 똑같이 내 방에 있더라도 그곳에 입장하면 마치 다른 차원이 되어 버린 것 같은 느낌이다. 주로 새벽 시간에 파스텔 톤의 색을 지닌 음악을 길잡이 삼아 감정을 따라가다 보면 그 입구에 다다르게 된다. 그럼 내가 앉아 있던 책상은 더 이상 같은 책상이 아닌 듯한 이질감이 오감을 뒤덮는다. 어느 순간 공기의 색은 한층 가라앉아 마치 음표 하나하나에 무게추가 더해진 듯 소리가 다르게 전달되는 느낌이다. 때로는 잘 들리지 않던 벽시계의 무미건조한 초침 소리도 흠칫 고개를 돌아볼 만큼 리드미컬하게 들리기도 한다. 일상적인 모든 것이 다르게 다가오는 시공간으로 여행. 같은 내 방이되 더 이상 같지 않다. 책상 위에만 머물던 스탠드 등의 빛은 어두운 방 안에서 발그레한 색을 흩뿌려 내듯 은은하게 나의 존재를 어둠으로부터 도려내어 준다. 그렇게 이 작은 태양에서 나는 빛을 가려 어둠을 탄생시키는 유일한 생물이 되고, 그제야 나는 평소의 내가 아닌 것 같은 글을 써 내려가곤 했다.

어느 순간부터 그 입구는 찾을 수 없게 되었다. 굳이 비교하자면 어린아이들이 거실 소파를 뛰어다니며 보는 것은 단순한 마룻바닥이 아닌 들끓는 용암을 피해 다니는 자기 자신이지만, 나는 더 이상 그런 눈과 능력을 갖추지 못하게 된 것 같다고나 할까. 나이가 들어서 그 시간대로의 입구를 찾기 위해 혼자서 술도 마셔 보고 음악도 바꿔 보며 새벽까지 기다려도 봤지만 허사였다. 만나는 것이라고는 아침 기상 알람일 뿐. 아무래도 몇몇 조건이 어긋난 것 같지만 어떻게 하면 다시 갈 수 있을지 모르겠다.

혹시 하는 마음에 어느 날 자리에서 일어나 선반에 줄지어 놓인 와인들을 하나씩 하나씩 바라보며 반걸음씩 옮겨 간다. 이 안에서 중요한 단서를 찾을 수 있을지도 모른다는 근거 없는 생각이 퍼뜩 떠올랐기 때문이다. 선생님이 벌서는 학생들을 세워 놓고 가슴팍에 붙은 명찰과 얼굴을 오르내리며 훑는 눈길과 비슷하려나. 와인은 내게 잘못한 것이 없는데 말이다. 괜한 화풀이일지도 모른다. 화풀이가 아니라면 상담을 구하고 싶은 친구를 찾는 것인지도 모른다. 옛 성인의 말씀이 담긴 책이나 우화 속에서 위안과 깨달음을 갈구하는 사람처럼, 나는 와인 하나하나에 담긴 생명력과 이야기에서 뭔가 변화를 받을 수 있는 작은 불씨를 원하는 것이다.

운명처럼 눈에 들어오는 와인이 있기를 바라면서도 내가 가진 지식이 편견이 그 길을 굳이 나서서 막는다. 머릿속에서 이 와인의 외관이 주는 각종 정보로 미루어 짐작할 수 있는 맛과 향 그리고 음미할 포인트로 원치 않는 저울질과 평가질을 할 수밖에 없게 만든다. 하지만 지금 기분은 그런 시험 채점 결과로 줄을 세워 선발하고 싶은 것이 아니기에 애써 떠오르는 생각들을 휘휘 저어 흩어지게 노력한다. 몇 번의 서성거림과 주저하는 손짓, 그리고 가끔 갸웃거리거나 끄덕이는 고갯짓 끝에 한 병을 손에 들어 좀 더 자세히 살펴본다. 코르크 마개의 스크래치나 살짝 벗겨진 마감 부분도 놓치지 않고 눈으로, 손끝으로 느껴 본다. 병의 전체적인 모양새와 와인 라벨에 들어 있는 모든 문구와 그림, 각종 문양도 하나하나 찬찬히 뜯어본다. 무슨 비밀의 보물 지도라도 감춰져 있는 것처럼 뚫어져라 한 곳을 집중해서 보다가 대충대충 돌려 가며 보기도 한다. 아마 집이 아니고 어느 다른 와인숍에서 이러고 시간을 상당히 보내고 있다면 상당히 신경 쓰이다 못해 슬슬 수상하게 여겨질 손님일 것이다.

얼마간의 시간이 흘렀을지 인지하지 못했지만 내 손에는 와인 한 병이 오랫동안 머물러 있었다. 고정된 나의 눈동자에 병의 표면이 투영되고 있는지, 병 안쪽의 액체인지, 그마저도 아니라면 와인 너머의 내 기억 어딘가를 엿보고 있었는지도 모르겠다. 아니, 어쩌면 과거로 돌아가 이 와인을 만든 포도가 열린 밭의 풍경을 바라보고 있을지도.

움직임이 멈췄던 로봇에 전원이 다시 들어온 것처럼 퍼뜩 정신을 차려 지금의 차원으로 돌아왔다. 이제 이 와인이 그 시공간으로 향하는 알맞은 열쇠가 되어줄지는 마셔 봐야 알 일이다.

그게 와인의 묘미지. 마시기 전엔 알 수 없는 것.

2021

부록

누군가는 물어본 와인 질문들

그래도 와인숍 사장으로 있다 보니 이런저런 소소한 문의를 많이 받습니다. 와인에 대해 익숙하지 않으신 분이 실제로 저에게 물어보신 질문과 드렸던 답을 추려 왔습니다. 이미 와인을 오랫동안 곁에 둬 오신 분이야 “아니, 뭐 이런 걸 물어보냐.”고 하실 수도 있겠지만 의외로 와인을 처음 접하시거나 관심이 없던 분들에게는 이런 궁금증이 많다는 것을 저도 깨달았습니다. 그분들의 눈높이에 맞춰 풀어내느라, 또 저의 공부의 깊이가 얕아 미진한 부분도 있지만, 무엇보다 와인을 부담 없이 생각해 주길 바라는 마음을 담아 최대한 질리지 않게 답을 드렸습니다.

Q1

마시다 남은 레드나 화이트 와인 보관 어떻게 해요?

코르크로 다시 닫아서 냉장고에 넣습니다. 가능하면 원래 와인과 닿아 있던 면을 아래를 향하게 하여 다시 꼽는 게 좋습니다. 하지만 뽑아낸 지 시간이 지난 코르크는 팽창해서 원래대로 다시 꽂긴 힘들 수 있습니다. 거꾸로 뒤집어서 꽂아도 되지만 오염의 가능성은 조금 더 높을 수 있어요. 아니면 시중에 파는 스토퍼로 잘 막아 놔도 됩니다. 다만, 어쨌든 이미 산화가 시작되었기 때문에 며칠 이내에 드시는 것이 좋습니다. 그런데 '그 이상이 지났다고 와인이 바로 상해서 못 마시는가?'는 아닙니다. 그냥 서서히 맛이 없어져 가고, 본디 와인으로서의 제일 맛있는 시기가 점차 지나가는 거라고 보면 될 것 같아요. 유리로 된 작은 밀폐용 공병 같은 데다 와인을 꽉 차게 담으면 좀 더 오래 유지할 수 있다는 말도 있습니다. 하지만 귀찮죠. 안 그러실 거 압니다.

Q2

냉장고에 자리가 없는데 구매 후 바로 마시지 않아도 돼요?

와인에 따라 차이는 있겠지만 오픈하지 않은 정상적인 와인은 가게에서 사서 집으로 가져가신다고 바로 상하지 않습니다. 일반적인 상온 보관 음식처럼 직사광선이나 온도가 지나치게 높거나 낮은 곳에서만 보관하지 말아 주세요. 서늘한 저온이 실온보다 장기 보관에 적합한 것은 맞습니다만, 너무 보관에 큰 스트레스 받으실 필요는 없습니다. 드시기 직전에만 와인의 종류에 맞춰 적절히 시원하게 냉장하여서 즐겨 주시면 되겠습니다. 스파클링은 냉장고 온도 수준으로 가장 차갑게, 화이트는 그보다는 조금 덜 차갑게, 레드는 상온에 가깝지만 살짝 서늘함이 느껴질 정도의 온도로 드시면 됩니다.

Q3

와인 세워 놔도 돼요?

너무 장기간의 긴 세월 동안 꼼짝 말고 세워만 두실 것이 아니라면 괜찮습니다. 눕혀둘 수 있다면 가장 좋고, 그게 여의찮다면 가끔 눕혀서 코르크가 마르지 않도록 안쪽에서 와인이 닿게 해 주세요.

Q4

와인 잔 어떻게 닦아요?

무엇보다 제1 수칙은 '취했으면 닦지 않는다.'입니다. 물만 담가 놓거나 그조차도 불안하면 그냥 건드리지 않는 것을 추천 와인 잔은 따뜻한 물로 세척을 먼저 잘해 주세요. 바로 닦지 않아서 레드 와인이나 입이 닿은 자리의 이물질이 굳었거나 잘 안 지워지는 경우가 있습니다. 이럴 땐 가벼운 무향의 중성 주방 세제를 아주 조금이라도 쓰시는 게 괜히 힘줘서 닦다가 깨 먹는 것보다 낫습니다. 생각보다 눈에 보이지 않는 잔여물이 유리에 남아 있을 수 있습니다. 한동안 사용한 하얀색 천이 더러워졌다면 그건 세척 시 와인 잔의 잔여물을 제대로 닦아 내지 못했다는 말입니다. 피치 못 하게 사용한 세제는 따듯한 물로 꼭 여러 번 잘 헹궈 내 주세요. 그리고 꼭 물기가 남은 상태에서 극세사 천으로 닦아 주세요. 이때 천을 양손에 각각 한 개씩 쥐고 닦으면 지문 없이 깨끗하게 닦을 수 있습니다. 와인 잔 바닥과 몸통 부분을 각각 손에 쥐고 비틀듯이 닦지 마세요. 다리가 바로 부러집니다. 그리고 시중에는 유리잔에 맞는 양질의 극세사 천들이 많이 판매되고 있습니다. 적당한 것을 골라 사용하시면 와인 잔 관리가 한결 편해질 겁니다. 역시 뭐든 장비빨 아니겠습니까?

Q5

유기농 와인이 몸에 더 좋은가요?

소위 말하는 내추럴 · 오가닉 · 비오디나믹 · 비건 등의 와인이 저런 농법과 양조 방법을 택하지 않은 와인들보다 상대적으로 더 건강에 좋으냐는 질문이라면 논란의 여지는 있겠습니다만, 그렇다는 증거가 충분치 않다고 하는 것이 맞겠습니다. 자연에서 얻을 수 있는 첨가물과 MSG가 사실상 별 차이가 없음에도 불구하고 MSG는 그간 몸에 좋지 않다는 오명을 써 온 것처럼, 반대로 내추럴 와인이라고 해서 무조건 건강에 더 좋은 것은 아닙니다. 내추럴 와인의 옹호자가 말하는 좋은 점은 이렇습니다.

1) 농약을 안(덜) 쓴다.
2) 숙취가 덜하다.
3) 아황산염을 적게 사용한다.
4) 좋은 박테리아가 많아서 장에 좋다.

이 정도가 보통 많이 나오는 이야기들인데, 그 어느 항목도 이에 따라 더 건강에 좋다는 구체적이고 압도적인 과학적 증거가 제시된 바가 없습니다. 저의 주장이 아닌 실제로 현재까지 관련 대학의 연구 결과들이 그렇게 나오고 있습니다. 무엇보다 와인의 본질은 이러쿵저러쿵 좋게 포장해도 술입니다. 어차피 알코올을 마시는 거니 건강에는 사실 적극적인 도움이 되는 음식은 아닙니다. 일반 음식으로 따지자면 뭐… 곱창, 대창 같은 게 아닐지…. 적당히 조절해 가며 책임질 수 있는 선에서 즐기는 것이 좋다고 생각합니다. 내추럴 와인은 그저 생산자의 자연주의적 철학에 소비자인 본인이 동의하고 마음에 들면 취향껏 선택하면 되는 문제입니다. (실제로는 내추럴 와인은 보기완 달리 고도의 통제 기술이 필요한 양조법입니다)

Q6

홀 클러스터와 디스템의 차이가 뭐예요?

일단 홀 클러스터Whole Cluster와 디스템De-stem의 차이를 묻는다는 것은 어느 정도 와인에 대해 이해가 있는 분이라고 생각할 수 있을 것 같습니다. 포도를 수확하고 양조하기 위해 통에 넣을 때 송이째 넣을 거냐홀 클러스터 아니면 포도알만 떼어 내고 줄기는 버릴 것이냐디스템에 대한 문제입니다. 이건 사실 어느 쪽이 옳고 그르냐 문제가 아닌 와인 메이커의 선택입니다. 파스타를 할 때 고추만 넣을지 고추씨까지 넣을지 정도의 차이라면 음, 비유가 별로려나요. 다만, 줄기는 와인에 여러 가지 측면에서 영향을 미칠 수 있습니다. 너무 디테일한 양조 내용을 빼고 결과만 보면 줄기 찬성파의 주장은 줄기 사용을 함으로써 단단한 탄닌감, 복합적인 아로마의 증대, 과즙의 신선한 맛, 우아함 등을 얻을 수 있다고 합니다. 줄기 사용 반대파는 와인의 색상이 잘 안 나오고줄기가 흡수함, 거친 탄닌, 녹색 계열 야채 같은 풋내가 입혀진다고 합니다. 이게 근데 퀄리티의 수준을 구분 짓는 절대적 기준이라기보다는 생산자의 철학이자 스타일입니다. 이 맛과 풍미를 좋아하느냐 마느냐는 소비자 취향에 달린 부분도 상당히 있는 터라 어느 것이 무조건 더 맛있다고 하긴 어렵습니다. 게다가 요즘 지구온난화 덕에 줄기 사용에 대한 인식도 바뀌고 있어서 주관적인 부분도 상당히 있습니다. 그리고 당연하겠지만 0:100으로 항상 갈라지는 것이 아니라 어떤 생산자는 30:70 비율로 줄기를 사용한다거나 50:50으로 하는 생산자도 있고, 심지어 해마다 포도의 퀄리티에 따라 그 비율을 매번 바꾸는 생산자도 있으므로 다 마셔 보고 본인 입맛에 맞는 집을 찾아보시는 걸 추천합니다.

Q7

코르크 마개는 싸구려 와인 아닌가요?

흔히 "까드득" 하고 돌려서 여는 스크류 마개의 와인을 말씀하시는 경우인데, 꼭 그렇다고 할 수 없습니다. 주로 호주나 뉴질랜드와 같은 국가의 와인들이 스크류 마개를 선호하고 많이 만들어 내는 편인데, 이 마개가 코르크 대비 문제가 더 있다거나, 저렴한 퀄리티의 와인에만 쓰이는 것은 아닙니다. 굉장히 고가의 와인에서도 스크류 마개를 사용하는 때도 많아요. 그리고 요즘엔 점차 기술이 발달하여 코르크와 스크류 외에도 합성 코르크와 같은 나무를 사용하지 않는 기술도 나와 있습니다. 아무튼 스크류라고 무조건 깎아내리실 필요는 없다는 것! 그리고 반대로 병 입구를 위스키처럼 밀랍으로 봉인한 와인들도 있는데, 이 와인이라고 또 항상 값비싼 고급 와인이라는 보장이 없습니다. 와인에서 항상 '절대'라는 건 존재하지 않으니 선입견을 버리고 바라봐 주세요.

Q8

이 와인 뭐랑 마셔야 해요?

잘 알려진 대로 해산물에 주로 화이트 와인, 육류에 레드 와인과 같은 가이드가 아예 근거 없는 말은 아닙니다. 레드 와인의 경우 탄닌이라는 떫은 폴리페놀 화합 성분이 고기의 단백질과 결합하려는 성질 때문에 그렇게 추천하고 있고, 화이트 와인의 경우 산지에 따라 다르지만 석회질 토양에서 비롯된 짭조름한 미네랄리티의 느낌이 갑각류나 생선류와 같은 해산물과 결이 잘 맞는다고 하는 것이죠. 하지만 우리가 오늘 먹을 음식이라는 게 단일 메뉴면 좋겠지만 보통은 그렇지 않잖아요. 그러니 가장 주된 메뉴의 소스나 재료의 강도를 보고 판단하시면 대략 접근이 쉽습니다. 소스가 진하면 와인도 진하게, 재료의 풍미가 가벼우면 와인도 가벼운 것으로 정하면 크게 어긋나지 않습니다. 기름을 많이 사용하고 강한 향신료와 소스를 쓰는 중식에 강한 도수의 고량주가 잘 어울리는 것도 비슷한 이치라고 생각합니다. 그러나 어차피 정답이 없는 문제입니다. 어느 유명 미슐랭 셰프는 해산물에 레드 와인을 페어링하기도 한다니 잘 모를 때는 추천을 받거나 편하게 드시고 싶은 것을 드시는 것 또한 나쁘지 않겠다 할 수 있습니다. 그리고 이런 말도 있죠. “잘 모르겠을 땐 그냥 샴페인이 답!”

Q9

비마프 와인숍에는 왜 비오니에 와인이 없어요?

제가 싫어해서요. 훗. 일종의 고수 같은 놈이죠. 비슷한 이유로 쉐리Sherry나 뱅존Vin Jaune 같은 와인도 없습니다. (하지만 고수는 잘 먹음)

*비오니에Viognier는 프랑스의 청포도 품종으로 화장품으로 착각할 만큼 향이 강렬하거나, 혀에 닿는 촉감이 다소 이질적일 수 있어 호불호가 갈림

Q10

부르고뉴 와인은 너무 어려운데 라벨에 뭔가 더 많이 쓰여 있으면 더 좋은 건가요?

프랑스 부르고뉴 와인은 소비자에게 불친절하기로 악명이 높습니다. 그 이유를 보려면 역사와 문화를 들여다봐야겠지만 그걸 다 설명하면 길어지니, 간단하게만 말하겠습니다. 부르고뉴의 와인은 산지의 정보가 라벨에 적히는데 그 개념이 좁혀질수록 비싸고 고급 와인이라고 생각하면 편합니다. 좁혀진다는 말은 무엇이냐면 '지역 〉 마을 〉 밭'으로 좀 더 세밀하게 생산지가 표시될수록 고급이라는 말입니다. 한국으로 치면 "이거 어디 쌀이야?"라는 질문에 "어, 그냥 경기도 쌀."인 것과 "경기도에서도 쌀로 유명한 이천에서 3대째 농사를 짓고 있는 김 씨네 논의 특등급을 받은 쌀이야."의 차이라고 보면 조금 유사합니다. '서울시 와인 〉 서울시 강남구 와인 〉 서울시 강남구 청담동 와인 〉 서울시 강남구 청담동 무슨캐슬아무튼좋은아파트 펜트하우스 A호'라고도 비유해 볼 수 있겠습니다. 우리가 '청담동'에 대해 잘 알고 있다면 "오~ 청담동! 알아요!"라고 할 수 있지만 모르면 "청담동? 그게 어딘데? 뭐 유명해? 좋은 동네여?"라고 반문할 수밖에 없겠죠. 그래서 다시 부르고뉴로 돌아와 보면 큰 단위의 지역명만 덩그러니 있는 것보다 세밀한 밭의 이름까지 적혀 있는 와인일수록 고급인 겁니다. 그리고 그 밭 등급이 정부에 의해 인증받은 '그랑

크뤼Grand Cru'라면 최고로 고급인 셈입니다.

Q11

레드 샴페인도 있어요?

이 질문을 하신 분은 사실 프랑스 샹파뉴의 샴페인을 의미한 것은 아니었습니다. 레드 스파클링 와인이 있냐는 문의였죠. 레드 스파클링 와인은 있습니다. 호주의 '쉬라즈Shiraz'라는 적포도 품종으로 만든 스파클링 와인을 어렵지 않게 볼 수 있습니다. 호불호가 조금은 갈리는 편이지만 재밌고 즐거운 와인입니다. 한번 드셔 보시죠.

Q11

싸고 맛있는 와인 있나요?

없습니다. 에… 정정해 볼게요. 싸고 맛있는 와인은 물론 있겠죠. 맛있다와 싸다의 주관적 정의에 따라 다르겠지만. 그런데 가격이 싸면서도 한 생산자의 개성과 해당 밭의 특징이 충분히 드러나는 와인은 흔치 않습니다. 이런 특성을 살려 내려면 아무래도 와인을 만드는 과정 곳곳에서 추가로 비용이 더 들게 되거든요. 그리고 와인을 드시다 보면 이 개성이라는 것이 곧 나에게 있어 맛이 있다거나 없다는 것을 판가름하게 되는 중요한 요소가 된다고 생각해요. 하지만 어떤 분은 8,700원짜리 와인에서도 흥미로움을 발견하시고, 어떤 분은 수백만 원짜리 와인에서도 아쉬움을 발견하시죠. 답변하면서도 왠지 원효대사의 해골 물이 떠오르네요.

Q13

와인을 너무 몰라서 좀 배우고 싶은데 어렵네요. 방법이 있을까요?

각종 와인 클래스에 참여하시거나 책을 읽어 보시는 것도 좋지만 무엇보다 와인을 같이 드실 분이 필요합니다. 모임을 나가셔도 좋고, 연인이나 배우자 분과 조촐하게 즐기시는 것도 좋습니다. 와인은 혼자 마시기에는 너무 힘든 술입니다. 그리고 기록의 습관을 들이세요. 하다못해 사진으로라도요.

Q14

이탈리아 와인에서 DOC보다 DOCG가 더 좋은 거죠?

안타깝게도 꼭 그렇지만은 않을 수 있습니다. 모든 나라에서 제정하는 와인 체계는 대략 원산지와 최소한의 퀄리티 보증 시스템 같다고 보시면 됩니다. 이 와인은 특정 지역에서, 특정 포도로, 특정 알코올 도수, 특정 생산량 등의 제약사항을 지켜서 만든 와인임을 인증함! 땅땅땅! 일종의 '강원도 횡성 한우' 인증 같은 겁니다. 믿고 마실 수 있다 이거죠. 이것이 크게 보았을 때 DOC · DOCG와 같은 표시의 의미이며, DOCG의 범위가 더 좁고 까다로우므로 DOC 대비 어느 정도 더 나은 퀄리티를 보장하는 것이 맞습니다. 문제는 모든 생산자들이 이 제한에 항상 행복해하지는 않는다는 거죠. "나는 더 창의적으로, 도전적으로 만드느라 DOCG 규약을 모두 지키지는 못했지만 더 훌륭한 와인을 만들어 낼 수 있었어! 저 등급을 받지 못해도 좋아!" 해서 DOC나 혹은 그보다도 더 낮은 일반적인 등급을 받는 경우도 있습니다. 하지만 되레 가격은 DOCG조차 훌쩍 뛰어넘는 일이 발생하는 거죠. 이런 일은 비단 이탈리아 와인에서만 일어나는 일은 아닙니다. 그러니 꼭 등급이 곧 퀄리티라고 딱 못 박아서 말하긴 어렵습니다. 어디에나 예외는 늘 있죠.

Q15

와인 잔에 향을 맡을 때 입이 닿은 곳 반대편으로 향을 맡으라던데요. 그런가요?

큰 차이 없습니다. 물론 뭘 먹고 얼마나 더럽게 묻혔느냐에 좀 차이가 있을 수는 있겠죠. 저 같은 경우는 입을 댄 곳으로만 계속 마시고 가끔 건더기(?) 같은 게 남아 있으면 어떻게든 없애려고 노력합니다. 잔을 계속 돌려 가며 여기저기 입을 대면 그만큼 잔도 더러워서 보기에도 좋지 않고 하니까요.

Q16

한국은 와인을 못 만들어요?

한국도 와인을 만듭니다. 한국을 비롯하여 일본이나 중국, 인도와 같은 아시아권에서도 와인을 만듭니다. 우리나라는 영동 지방이 포도로 유명하지요. 우리나라를 포함한 세계적으로 점차 기온이 올라가면서 포도 농사의 한계선도 달라지고 있는 것 같아요. 우리나라 와인은 품종이 국제 품종과 다르긴 합니다. 머루나 캠벨을 주로 사용하며, 점점 퀄리티가 좋아진다고 알고 있습니다. 무엇보다 현행법상 온라인으로 주문이 가능한 전통주로 분류되는 점도 고객이 집에서 편하게 받아 볼 수 있어 좋습니다.

Q17

숙취 해소 방법 좀 알려 주세요.

이미 술을 마시고 흡수가 하아아아안참 된 뒤에 죽을 것 같으면 사실 수액 말고는 대책이 별로 없…죠. 그렇게까지 시간이 지나지 않았다면 약국에서 파는 약이 그나마 도움이 됩니다. 보통 저의 숙취해소제 조합은 위장 파트울렁거림, 소화 등 + 간 파트아르기닌, 글루타치온 등 + 기타타우린, 헛개, 비타민BC 등로 필요에 따라 구성해서 먹습니다. 물과 당분 섭취는 기본으로 많이 많이 해 주면 좋고, 잠을 충분히 자고, 모닝술똥 되는 대로 바로 내보내 주세요. 술을 마시기 전부터 안주와 숙취해소제 그리고 물을 잘 챙겨 먹는 것이 많은 도움이 됩니다. 하지만 아직 시중의 숙취해소제 중에서 엄청나게 유의미한 과학적 임상 결과를 내놓는 제품은 없는 것으로 알고 있습니다. 광고는 어느 정도 걸러서 볼 필요가 있어요. 그래서 편의점에서 파는 숙취해소제 한 개는 거의 먹으나 마나니까 의약품으로 인정된 것들을 챙겨 드시고, 정 안되면 편의점 거라도 여러 가지 전, 중, 후로 조합해서 드세요. 애당초 술을 적게 마시면 될 일이지만 우리는 그게 안 되죠? 응, 나도 알아요.

Q18

화이트 와인에서 버터 향이 나는데 버터를 넣은 건가요?

물론 아닙니다. 정상적으로 만든 와인이라면 법적으로 인공적인 착향이나 특정한 맛을 내기 위한 감미료 등을 사용할 수 없게 되어 있습니다. 따라서 와인에서 버터 계열의 느끼하면서 달달하고 고소하기도 한 향이 나는 이유는 오크 때문입니다. 간단히만 설명해 드리면 와인은 나무로 만든 오크통에 넣고 숙성을 시킬 수 있습니다. 이 오크통을 만들기 위해서는 일자로 잘린 여러 개의 나무 판에 불로 열을 가해 조금씩 휘게 만드는 과정이 필요합니다. 이 휘어진 판을 이어 붙여 통을 만드는 것이지요. 이때 토스팅된 안쪽 부분에서 다양한 식물 화합물셀룰로스, 헤미셀룰로스 등이 열에 의해 변화를 일으키게 됩니다. 여기에서 버터 스카치, 토스트, 캐러멜, 스모크, 치즈, 바닐라 등의 계열 향이 발현됩니다. 그리고 이러한 풍미는 숙성할 때 통 내부의 와인에 고스란히 전해지게 되지요. 오크는 한번 사용하면 이런 고유의 향을 전달할 수 있는 능력을 급격하게 잃어버립니다. 그래서 어떤 와인을 만드는데 새 오크통을 사용하는 비율이 높으면 높을수록 생산자에게는 비용 부담이 됩니다. 두 번 이상 재사용하는 오크는 이미 이런 풍미를 대부분 잃은 상태이기 때문에 이 경우는 오크 사용의 의미와 목적이 다릅니다.

Q19

미네랄리티가 도대체 무슨 맛인가요?

아, 저도 솔직히 모릅니다. 저만 모르는 게 아닙니다. 세계 유수의 와인 전문가도 명확하게 정의하지 못한 단어입니다. 그래서 공식적인 용어로는 받아들여지지 않습니다. 다만 쓰이기는 엄청 쓰이죠. 뭔가 있어 보이기도 하고, 포괄스러우면서도 어떤 자연스러운 이미지를 전달하기에 너무 좋거든요. 마치 소금이 있는 듯 짭짤한 맛, 젖은 돌이 연상되는 맛, 시원하고 신선한 느낌, 왠지 비타민을 핥을 때의 기분, 땅의 어떤 영양분이나 특정 토질이 떠오르는 느낌 등…. 세계적 와인 전문가 마스터 오브 와인 잰시스 로빈슨Jancis Robinson MW은 저서 『The Oxford Companion to Wine』에서 미네랄리티에 대해 첫마디부터 이렇게 쐐기를 박습니다. "부정확한 시음 용어이며, 미네랄과 연관된 애매한 와인 특성…." 네, 그런 거래요.

Q20

이 와인 지금 마셔도 되나요?

어떤 와인을 가리키면서 말씀하시는데 즉 시음 적기를 묻는 말이죠. 와인마다 어느 정도 추천되는 적기가 존재는 합니다. 특히 날씨가 오락가락하는 농사가 어려운 동네일수록 빈티지를 더욱 따집니다. 농사가 잘된 해도, 망한 해도 있을 테니까요. 반대로 매년 날씨가 비슷하게 유지되는 평안한 곳일수록 빈티지에 대한 의미는 크지 않게 되죠. 오히려 생산자가 장기 숙성이 되도록 양조했는가가 더 중요한 요인이 될 수도 있습니다. 이 점을 떠나서라도 단순히 병입된 이후의 흘러간 시간에 따라서 보편적인 시음 적기인지 말할 수 있습니다. '보편적'이라고 굳이 집어서 말한 이유는 딱 부러지는 답이 없기 때문입니다. 와인은 참치통조림처럼 연/월/일까지 먹어야 한다는 명시적으로 기재된 소비 기한이 없습니다. 온라인에서 알고 지내는 M 님이 한번은 제게 "내가 어린 빈티지를 마시면 유아 살해라고 하고, 오래된 와인을 마시면 네크로필리아시체를 사랑하는 이상 성욕자라고 막말하더라!"라고 하소연하시기도 했습니다. 이렇듯 시음 적기에 대한 보편적 가이드는 있을 수 있으나 주관에 따라 그리고 생산자의 양조 스타일 및 작업 환경에 따라 천차만별로 달라질 수 있습니다. 개인적으로는 요즘엔 적당한 등급의 스틸 와인이라면 빈티지로부터 대략 3~9년 사이의 와인을 가장 즐겁게 마실 수 있는 시기로 추천합니다. 제가 그렇게 즐기고 있기도 하고요. 물론 그 이상으로 수십 년 지난 와인도 마실 기회가 있으면 흥미롭게 마십니다. 그때가 적정기인 와인도 분명히 있고요. 그렇지만 모두의 입에 잘 맞으리라는 보장은 역시 어디에도 없습니다. 일반적으로 세월은 와인으로부터 과실의 생명력을 앗아 가는 대신 그윽하고 깊은 연륜이 담긴 향들을 그 자리에 대신 채워 줍니다. 둘 다 골고루 맛볼 수 있다면 그것이 이 와인의 정점이라 할 수 있을 것이고, 생명력이 펄떡거리는 것처럼 살아 있는 느낌이라면 어린 와인, 여러 차례 쪄 낸 홍삼같이 노쇠한 기운이 늙수그레하게 흘러나온다면 아무래도 인생… 아니, 와생 후반부의 와인이라고 할 수 있습니다. 요즘은 특히나 참을성 없는 소비자의 트렌드를 반영해서 그런지 오래 기다리지 않아도 즐겁게 마실 수 있도록 양조하는 생산자가 늘고 있다고 합니다. 달리 말하면 예전처럼 반드시 오래된 와인만이 최고이며, 꼭 우러러봐야 할 덕목은 아닐 수 있다는 말입니다.

끝으로,

혹시나 진작에 눈치챘을 분이 있을지 모르겠지만 이 책에선 생산자 또는 브랜드 정도의 이름 외에 제대로 된 와인의 명칭 사용을 최대한 자제했습니다. 예를 들면, "위들로 바이에 샹볼 뮈지니 프리미에 크뤼 레 샤름 2021Hudelot-Baillet Chambolle-Musigny 1er Cru Les Charmes 2021"같이 말입니다. 당연히 이런 와인 이름 하나 읊지 못해서 안 쓴 것은 아닙니다. 와인 하나 하나에 개별적으로 얽힌 추억이나 이야기를 풀 수도 있고, 몇몇 와인을 꼽아 추천하는 식으로도 얼마든지 이야기할 수 있지만 그런 콘텐츠는 이미 상당히 많이 있어 굳이 저까지 더할 필요는 없다고 생각했습니다.

무엇보다 구체적으로 명기한 와인으로 인하여 누군가에게는 부담스러운 그림이 떡이 될 수도, 누군가에게는 너무 가벼워 보일 수도 있는 불필요한 감정을 최대한 일으키고 싶지 않았다고나 할까요. 그보다는 좀 더 넓고 기본적인, 그러면서도 와인을 접하면서 발생하는 지극히 현실적인 수준의 뻔한 이야기로 채워 보고 싶었습니다. 이 책을 읽는 분들이 와인을 이제 막 접하거나 아직 고민 중이라면 당신에게 와인이라는 존재가 친근하게 다가설 수 있도록, 그리 불편하거나 고지식한 존재가 아니라는 사실을 알려 드리고 스스로 와인을 찾아가는 데 도움이 되고 싶었습니다. 그러다 보니 글도 말하듯 쓰느라 주절주절 길어졌을지도 모르겠네요. 그저 주변에 한 명쯤 있을 만한 와인 많이 마시는 친구의 솔직한 이모저모를 들려드렸다고 생각해 주시면 좋겠습니다. 혹시 그동안 그런 친구가 없었다면 이제부터 저와 친구 하시면 되고요.

비 마이 프렌드.

이제부터라도

와인을 남겨 보세요

기억에

향이 입혀지기 시작할 겁니다